若いころのかあちゃんは、
なかなかのモダンガール。
地元の酒屋さんから、ポスターのモデルも頼まれた!

徳間文庫

がばいばあちゃんスペシャル

かあちゃんに会いたい

島田洋七

徳間書店

目次

〈扉イラスト・伊波二郎〉

〜はじめに〜

お陰様で、幼い頃の俺とばあちゃんの思い出を描いた本『佐賀のがばいばあちゃん』は大ヒット。

漫画や劇場映画にもなり、こちらも大ヒットし、さらに二〇〇七年新春にはドラマ化されることとなった（この本が出るのは、ドラマが放映された後の予定なので、既にご覧になった方もいるかも知れません）。

そして、なんといよいよ海外にも進出！

台湾で『佐賀のがばいばあちゃん』、二作目の『笑顔で生きんしゃい！』が発売され、俺は台湾でサイン会までやってしまったのだ。

台湾でも、『がばいばあちゃん』の話は大好評で、映画も上映され、三作目の本『幸せのトランク』も出版が決定している。

俺は、どこの国でも人の気持ちは同じなんだなあと思い、このヒットを喜ぶと同時に、そういう温かな気持ちを求めている人間の社会で、どうしていやな事件ばかり起こるのかなあと不思議に思っている。

『いじめ』は絶対にしてはいけない事だけれど、いじめられる子にも、もう少し強くなって欲しいなと思う。

俺が考えるに、『強さ』というのは『明るさ』じゃないだろうか。

お笑いのメッカ、大阪で小学生に、

「お前、アホやろう」

と言ったら、

「なんで知ってんのん？」

とか、

「うん、兄ちゃんも」

とか、

「親ゆずり」

なんて答えが返ってくる。

極めつけは、

「お前、アホやろう」

「おっちゃんより、マシや」

だって。

多分、とことん明るいこの子たちには、『いじめ』なんて無縁なんじゃないだろうか。

『デブ』とか『ビンボー』とか、自分の気にしていることを言われたら、それは傷つくだろうけれど、昔の子どもには、それを笑いにかえる明るさ、強さがあった。

「貧乏人！」

「なにをっ？　悔しかったら、お前も貧乏になってみろ。なりたくても、なれんやろう？」

なんてね。

それから、ニートというのも社会問題になっているけれど、俺は以前、某国営放送の番組を見ていて、『ニート』って名札をぶら下げた若い子がいっぱい並んでいたので、全員、そういう名前の外国人かと思ってしまった。

俺も不勉強かも知れないけど、健康で働かない若い奴のことを、もったいぶって『ニート』なんて呼んで、テレビ番組に出しているなんて何かおかしい。

仕事をしなかったらテレビに出られるなら、吉本の若手芸人なんて、どうすればいいのだ。

何とかテレビに出たいと、あんなに一生懸命、頑張っているのに。

その上、その番組では『ニート歴半年』とか『ニート歴一年』なんて、働かない年数まで名札に書いてあって、司会者は、

「ニート歴二年ですか。すごいですねー」

なんて感心している始末だ。

一体、どうなっているのだと観ていたら、働かない理由が、

「自分自身が見えなくて」

と言うのだから、まいってしまう。

「鏡、買《こ》うたろか？」

思わず、つっこんだ俺だった。

ニートなんて言うけど、俺に言わせれば、その八割は怠け者だ。

ばあちゃんが、昔よく言っていたものだ。

「人はまず、仕事しろ。仕事さえすれば、米、みそ、しょうゆ、友だち、信頼がついてくる」

本当に、そうだと思う。

例えば、今、東京や大阪といった都会だったら、五時間もアルバイトすれば、四千円はもらえるだろう。

四千円あれば、米十キロが買える。

そして、次の日も五時間働けば、みそやしょうゆやマヨネーズ等々、相当いろんなものが揃えられる。

三日目には、そろそろ職場で友だちもできるだろうし、四日目には、近所の人から、

「あの人、最近、毎日仕事に行ってるな」

って信用してもらえるじゃないか。

俺なんか学生時代、野球部のことで悩んでいたら、ばあちゃんが、

「昭広《あきひろ》、何考えてる？　お前の頭では、解決せんぞ。早《はよ》う学校行け。五分で解決せんもんは、せん。あとは、なるようにしかならん」

言ってくれたので、すごくホッとした。

自分が見えないなんて悩む前に、パートでもアルバイトでもいいから、働いてみればいいのだ。

向き不向きなんて、結局はやってみないと分からない。

働きながら自分の本当にやりたいことを探せばいいのだ。

それから、『ひきこもり』問題。

あれなんて、親が朝、昼、晩と部屋にごはんを持っていくからダメなのだ。

ごはんを玄関の外に置けばいい。

そして、ごはんを食べに出てきたら、

「おっ、今の瞬間、引きこもりじゃなくなった！」

なんて言えるユーモアのセンスが親にあれば、事態はもっと好転するんじゃないだろうか？

なんだか話が長くなってしまったが、つまり、昔に比べて、みんなに明るさ、強さがなくなってきていると思うのだ。

今回、俺は、ばあちゃんに続いてかあちゃんの話を書くことにしたが、かあちゃんも、ばあちゃんに負けず劣らず、明るくて強い人だった。

かあちゃんの話が、ばあちゃんと同じように、みんなが明るく楽しく生きるためのヒントになればいいと思う。

第1章　かあちゃんの生い立ち

かあちゃんは、大正十一年五月十六日生まれ。

佐賀で自転車屋をやっていた、俺のじいちゃんとばあちゃんの長女として生まれた。

名を、秀子《ひでこ》という。

自転車は、当時はまだまだ高級品で、じいちゃん一家は、なかなか裕福な暮らしをしていたらしい。

そして、じいちゃんは生粋《きっすい》の遊び人だった。

遊び人と言っても、博打《ばくち》を打ったり遊郭に入り浸ったりするわけじゃない。

とにかく、『お座敷が大好き――っ!』な人だったと言う。

どのくらい好きかと言うと、

「パンクば、直してください」

と、お得意様がやってきても、いないこともしょっ中で、健気《けなげ》にもばあちゃんが自転車修理をしていたというのだから、なかなかの不良ぶりだ。

そんなじいちゃんは、

「家でお座敷気分なんて、サイコー！」

と言ったかどうかは知らないが、娘ができると小さいうちから、三味線と唄と踊りを習いに行かせた。

お金もかかるし、堅気の娘がどうしてそんなものを習うのかと、ばあちゃんは抗議したこともあったようだが、じいちゃんは、

「芸は、身を助けると」

なんて言って、ちっとも聞く耳を持たなかったらしい。

そんなわけで、俺のかあちゃんと、すぐ下の妹の喜佐子《きさこ》おばさんは、物心もつかないうちから三味線と唄と踊りを習っていた。

そして、もともと素質もあったのだろう。

まだ小学校にも上がらない頃に、満州への慰問団の一員として抜擢《ばってき》されたのだった。

この話は、俺が幼い頃から、何度もかあちゃんに聞かされたので、よく覚えて

いる。

多分、軍用機なのだろう。軍人さんがいっぱい乗っている飛行機に、何人かの子どもと一緒に乗せられて一路満州へ。

満州には数日間滞在し、何カ所かの基地を慰問して回ったそうだ。

基地にしつらえられた簡易な舞台で、小さい子どもたちが歌ったり踊ったりすると、

「わあ、こんな小ちゃい子が。うまいねえ」

「遠いところ、よく来てくれたね」

軍人さんたちは、涙を流さんばかりに喜んで大喝采。

どの基地でも、中国の珍しいお菓子などを用意して、大歓迎してくれたと言う。

中でも、かあちゃんと喜佐子おばさんは、じいちゃんの英才教育（!?）の甲斐《かい》あって、一座の中心として活躍したので、ものすごく可愛がられたそうだ。

そして多分、人生で最初の、たくさんの拍手をもらった。

かあちゃんはよく俺に、

「とうちゃんと結婚してなかったら、歌手になりたかった」

と笑っていたが、そういう気持ちは、この慰問団の時に芽生えたものなんじゃないかなと思う。

俺も漫才師だから分かるけれど、舞台に立ってお客さんから拍手をもらう喜びは格別だ。

自分の芸でみんなを喜ばせることができたと思うと、本当に誇らしい気持ちになる。

慰問団で、小さいながらも親から離れて頑張ったかあちゃんの胸も、きっと喜びと誇らしさであふれていたことだろう。

さて、それからもかあちゃんは、普通とはちょっと違うが、ユニークで明るい家庭ですくすくと育っていった。

妹や弟も増えていったので、さすがの不良のじいちゃんも態度を改め、自転車屋はたたんで、真面目に市役所の水道課へ勤めるようになる。

そして、じいちゃんは芸事だけでなく勉学にも理解のあった人らしく、かあちゃんと喜佐子おばさんは、女学校へも進学させてもらった。

ところが！

たった五十五歳で、じいちゃんはあっけなくこの世を去ってしまう。

後には、ばあちゃんと、かあちゃんを筆頭とする七人の子どもが遺《のこ》された。

途方に暮れたばあちゃんは、とにかく働かなければと、佐賀大学附属小学校の校長をしていた従兄弟《いとこ》の紹介で、学校の掃除婦という仕事を得たが、その収入だけで七人を養っていくことは、もちろん不可能である。

「お前たちは、もう働け」

余計な説明などせず、きっぱりとばあちゃんが言ったとき、かあちゃんも喜佐子おばさんも素直にうなずいたと言う。

まだ小さい妹や弟を見ていると、もう優雅に女学校に通っている場合じゃないことは、十代のふたりにも分かったのだろう。

そして、ふたりは働きに出ることになるのだが、ここがユニークなところで、いきなりお座敷に出てしまうのである！

まさに、芸は身を助ける!!

まさか、じいちゃんが自分の早すぎる死を予見していたとは思えないが、かあちゃんと喜佐子おばさんは夜な夜なお座敷に上がり、三味線を弾き、踊りを舞い、唄を歌って、家計を助けることになったのであった。

昨日まで、何不自由のない女学生だった二人が、いきなりお座敷に出るなんて、周りの人から見れば、

「芸者に身をやつして」

なんてことになるのかも知れないが、

「楽しかったと」

かあちゃんは、あっけらかんと笑う。

「いっぱい拍手はもらえるし。お客さんはお金持ちが多いから、あの物のない時代に、いろんな物をくれたしねえ」

満州で芽生えた芸人魂は、きっと、かあちゃんの中に脈々と息づいていたのだろう。

「お座敷に出るなんて、恥ずかしい」

そんな気持ちは微塵《みじん》もなく、誇りをもって芸を披露していたようだ。

それに、芸が素晴らしいだけでなく、かあちゃんは美しかった。

いろんな物をくれた人の中には、かあちゃん目当ての人が多かったに違いないと俺は思う。

誓って言うが、これは身びいきじゃないよ。

なぜなら、なんとかあちゃんはモデルもやっていたのだ！

なんて言うと大げさだが、地元の造り酒屋さんからポスターのモデルを頼まれたそうで、今でも俺は、スクーター（だと思うのだが、当時の日本にそんなものが普及していたのか、よく分からない）にまたがり、ポーズをつける娘時代のかあちゃんの写真を持っている。

そう、『お座敷で三味線を弾いていた』などと言うと、おしとやかな和服の美人を思い浮かべるが、かあちゃんは若い娘らしく、なかなかのモダンガールでもあったのだ。

そして、その素敵なモダンガールにひかれて、かあちゃんの周りをうろうろしはじめたのが、俺のとうちゃんであった。

その頃、ばあちゃんの妹、つまりかあちゃんのおばさんにあたる人が、広島に住んでいた。

それで、モダンガールのかあちゃんは、時々、都会の広島へ遊びに行っていた。

そこで出会ったのが、とうちゃんである。

全くの想像であるが、多分、とうちゃんは素敵なかあちゃんにイカレてしまい、何とか、かあちゃんとお近づきになろうと思い、甘い言葉を囁《ささや》いたりしたのだろう。

けれど、お座敷でいろんな褒《ほ》め言葉を聞いているかあちゃんは用心深く、ちょっとのことでは、なびかない。

そこで、俺のとうちゃんはこう言い出したのである。

「秀子さん、僕の家は大きな料亭なんです」

「え？　本当に？」

じいちゃん譲りの、お座敷大好きなかあちゃんは、そう言われると、なんだか、とうちゃんに冷たくできなくなってしまう。

そして、ちょっと付き合ってもいいかなあ、なんて思ってしまう。

お付き合いをするうちに、やがて、かあちゃんはとうちゃんに、

「おたくの料亭を見てみたいわ」

なんて言いだし、ふたりで出掛けることになる。

「もう、すぐそこです」

とうちゃんが言う先には、確かに立派な建物があり、表にはそれらしくポッと温かなオレンジ色の灯《あか》りがともっていた。

近づくほどに、三味線の音も聞こえてくる。

かあちゃんは、立派な建物を見ながら、大きな料亭の女将《おかみ》になる自分を想像して、思わず頬がゆるんでしまったかも知れない。

が！

とうちゃんは、料亭を通り過ぎ、

「ここです」

隣の、ちいさーい居酒屋の暖簾《のれん》をくぐったのだった!!

「嘘ついたわけじゃない。昔は料亭だった」

後に、とうちゃんは言っていたそうだが、おそらく、いや絶対に嘘だ。

俺も同じ男だから分かるが、男というのは、好きな女性に思わず見栄を張ってしまうものなのだ。

「何が、大きな料亭と」

かあちゃんはこの話を聞かせてくれるたびに、そう言って怒っていたが、結局は数えで十九歳の若さで、小さな居酒屋の主人であるとうちゃんと結婚してしまったのだから、料亭の息子というのは、もちろんポイントが高かっただろうが、やっぱりかあちゃんも、とうちゃんの人柄に惹《ひ》かれていたのだろう。

昭和十五年。

結婚した若いふたりは、広島で仲良く居酒屋の商売に精を出しはじめた。

多分、居酒屋といっても、今の赤提灯《あかちょうちん》とスナックが合体したような店だったんじゃないかと思う。

酔ってくると、お客さんは歌えや踊れの大騒ぎになる。

そんな時、今みたいにカラオケがないから、かあちゃんが三味線を弾いたり、いっしょに歌ったりしていたら、その音が例の隣の料亭にまで聞こえたらしい。

ある時、料亭の女将さんが居酒屋に現れて、

「秀子さん、あなた歌がうまいから、うちでも歌ってよ」

と、勧誘されたと言うのだ。

もちろん、『お座敷、大好き！』のかあちゃんが断るわけがない。

それ以来、時々、お座敷に上がって歌うようになったと言うのだが、いくら小さい居酒屋と料亭であっても商売敵《がたき》である。

「とうちゃんは、怒らんかった？」

俺が聞くと、

「ううん。チップだけで、うちの居酒屋一日の売り上げ分を稼いでくるもんだから、『お前は、歌の方がいいな』って言ってたわよ」

とのことだった。

うーん、ここでも芸が身を助けている。

それにしても、若いふたりにとって新婚さんらしい、いい時期は本当に短かったようだ。

昭和十六年、日本は太平洋戦争に突入。

以降も戦争は激化してゆき、世の中には暗いニュースばかりがあふれていく。

それでも居酒屋の営業ができ、軍人さんなどでそれなりに流行《はや》っていた頃は、まだ良かった。

が、昭和十九年。

長男である俺の兄貴も生まれ、平和な時代ならば、若夫婦にとっては最高に幸せな時を迎えるはずが、いよいよ戦況が悪くなり、人々の暮らしが目に見えて悪くなっていった。

そして、昭和二十年の敗戦の年になると、居酒屋の営業ができるような状況ではなくなった。

とうちゃんとかあちゃんは、遂に赤ん坊を連れて、佐賀に疎開せざるを得なくなる。

これが、運命の分かれ道だった。

疎開して数ヶ月後の、昭和二十年八月六日。

世界で初めての原子爆弾が、広島に落とされる。

とうちゃんの居酒屋は、今の原爆ドームのすぐそばにあったという話だから、疎開していなければ、とうちゃんも、かあちゃんも、兄貴も、一瞬にしてこの世から消えてしまっていただろう。

もちろん俺なんて、この世に生を受けることもできなかったはずだ。

疎開していたことは、本当に幸運だったと思う。

けれど、結局はとうちゃんは、原爆が原因で命を落とすことになる。

入市被爆というやつだ。

原爆が落とされた頃は情報が規制されており、なかなか正確なことは分からなかったらしいが、それでも佐賀にも『広島に新型爆弾が落とされたらしい』『全滅だ』という話は伝わってくる。

広島育ちのとうちゃんは、親戚や知り合いや、店のことなどが気になって、ひとり広島へと向かったのだった。

「みんな、どこに行ったんや？」

とうちゃんは、何ひとつなくなった広島の街を見て、思わずそう呟《つぶや》いてしまったと言う。

そのくらい、なにもかもが壊され、みんなが死んでしまったのだ。

八月十五日の敗戦からしばらくの後、広島へ戻ったというかあちゃんは、

「戻ったら、みんな消えてた」

と言っていた。

「誰々さんはどうしましたか、と聞きに行こうにも聞く相手もいない。電話しようったって電話機もない。市役所で調べようと思っても、市役所がない。あの時の気持ちは、言い表しようがない」

かあちゃんから繰り返し聞いたこの言葉を、俺は忘れることができない。

娘時代のかあちゃんが、よく遊びに行っていたという、ばあちゃんの妹さんも命こそ助かったが、大きなやけどを負い一生残る傷跡となった。

原爆は、大勢の人の命を奪い、また生き残った人からも、いい知れない多くのものを奪い、消えない傷跡を残していったのだ。

第2章　かあちゃんと、泣き虫昭広

終戦後、原爆で何もかもなくなってしまった広島の街に戻ったとうちゃんとかあちゃんは、バラックながら居酒屋を再開した。

とにかく物のない時代だから、店さえ開けていれば流行ったという。

ところが、すべてを失いながら、それでも妻や子どもは無事だったのだからと頑張っていたとうちゃんを病魔が襲う。

大量の放射能を浴びたことで、原爆症になってしまったのだ。

そして、昭和二十三年には、いよいよ体調が悪くなり入院してしまう。

俺は、昭和二十五年生まれ。

とうちゃんが亡くなったのが昭和二十七年だから、俺にはとうちゃんの思い出は全くない。

原爆で、写真さえほとんどなくなっていたので、顔もよく知らない。

ただ、かあちゃんがこんなことを言っていたのを覚えている。

「原爆が落とされた後、放射能に汚染された広島の街は、何十年も復興できないという噂が流れたけど、そんなことはなかった。みんなが空気を吸って亡くなったから。みんなが吸ってくれたから、放射能がなくなったんと違うかなあ」

もちろん、科学的にそんなことがあるはずはないのだろうが、死んでいったとうちゃんや、多くの人たちのことを、かあちゃんは、こうでも思わないとやりきれなかったに違いない。

そして俺も、かあちゃんの話を聞いていると、科学的にありえなくても、そんなこともあるんじゃないかと思えるのだ。

とうちゃんが亡くなり、息子ふたりを抱える未亡人となったかあちゃんは、ひとりで居酒屋を続ける。

「佐賀に帰ろうとは、思わなかったん?」

俺が聞くと、

「うちは農家でもないし。佐賀みたいな田舎にいては、女ひとりで食べてはいけん。多少、危なくても広島は都会だから」

ということだった。

あの混沌とした時代、女ひとりで夜の店をやっていくなんて、本当にちょっとやそっとの根性ではできなかったと思うけれど、かあちゃんは兄貴と俺のために頑張ってくれたのだ。

ただ、何しろ俺は、まだ赤ん坊だったから、しょっ中親戚の家に預かってもらっていたようだ。

それも、まだまだみんなが貧乏な時代のこと。ひとところにあまり長くいては迷惑だからと、ここに二ヶ月、あっちに三ヶ月という具合に、短期滞在を繰り返していたらしい。

そのせいか、小さい頃の俺の記憶は、かなり断片的なものである。

例えばある時、すごい台風で川が氾濫した後、たらいの舟に乗って遊んだという記憶がある。これは、川の側《そば》の社宅に住んでいた親戚に預けられていた時らしく、俺は三歳くらいだったので、覚えていると言ったらひどく驚かれた。

それから、またある時は、ミシンがいっぱい並んでいる部屋で、ミシンの上にちょこんと座っていた記憶。これは当時、長崎に住んでいたかあちゃんの妹の珠《たま》子《こ》おばさんの家に預けられていた時らしく、確かにおばさんは、俺を連れて洋裁学校に行ったことがあると言う。

こんな風に、とにかくいろんな家にいて、いろんな人といっしょにいたせいだろう。

俺はその頃、こう思ったことを明確に覚えている。

「僕には、かあちゃんが、いっぱいおるなあ」

多分、どこへ行っても可愛がってもらっていたから、その家の奥さんを、お母さんだと思い込むことができたのだろう。

けれども、その反面、ある家族と一緒に暮らしていたのが別れて、また別の土地へ行って新しい家族がいて、しばらくするとまた別の土地へ、という生活に、幼いながらにストレスを感じていたようだ。

四歳で広島の幼稚園に入園し、ようやく本当のかあちゃんの所にずっといられるようになってからは、『もう、どこへも行きたくない』という気持ちが強く、かあちゃんの姿がちょっとでも見えなくなると不安になって泣き出す『泣き虫昭広』になってしまったのだった。

とにかく俺は、かあちゃんの後ばかりついて回っていた。

かあちゃんが台所にいれば、俺もアパートの狭い台所に居座っている。

かあちゃんが昼寝をしていれば、俺も横にぴったりと体をくっつける。

かあちゃんが洗濯物を干していても、わざわざ隣で遊んでいる。

そんな風だから、夕方、かあちゃんが店へ仕事に行く時は大変だった。

仕事に行くと言えば、俺が大泣きすることは分かっているので、かあちゃんは仕方なく嘘をつく。

「ちょっとそこまで買い物に行ってくるから」

「いっしょに行く」

「すぐ戻るから」

「行きたい」

「ダメ。本当に、すぐだから」

毎日、かあちゃんは、グズる俺から逃げるように出ていくのだった。

そして毎日のことだから、どこかで嘘だと思いながらも、俺の心の中には捨てきれない淡い期待がある。

（かあちゃん、すぐ帰ってくるよね）

（まだかなー）

（すぐって言ってたのに、おそいなー）

（なにしてるんかなー）

ずーっと、ずーっと、玄関のドアを見つめて待ちつづけ、やがて、どう考えても、もう仕事に出かけてしまったのだと分かると、

「行ったー！　かあちゃん、行ったー!!」

大声で泣き出すのが常だった。

それでも子どものことだから、やがて泣き疲れて眠ってしまう。

が、突然、夜中にガバッと起きて、まだかあちゃんが帰っていないと分かると、またもや、

「かあちゃーん!!　かあちゃーん！」

と大泣きである。

一緒に留守番をしていた六歳上の兄ちゃんも、俺の大声に起こされて、困り果てながら、なんとかなぐさめようとする。

けれど兄ちゃんも、まだ小学生の男の子である。姉ちゃんならまだしも、兄ちゃんの不器用ななぐさめで、ちっちゃい俺の寂しい気持ちがおさまるはずもない。

いつまでも泣いていると、大家のおばさんの出動となるのがパターンで、おばさんに抱っこしてもらったり、膝《ひざ》に乗せてもらって、

「お母さん、もうじき帰ってくるからねえ。いい子にしてようねえ」

優しくあやされているうちに、俺はまた眠りに落ちていくのだった。

兄ちゃんも大変だっただろうが、本当に大家さんには面倒をおかけしたなあと思う。

けれど、この頃はまだよかった。

俺には、泣く以外に何もできなかったのだから。

やがて小学校に上がり、智恵のついてきた俺は、夜中にかあちゃんに会いたくなると、布団からむくりと起きだし、アパートから出ていくようになるのだった。

行き先はもちろん、かあちゃんの居酒屋である。

俺が起きあがり、アパートを出ようとすると、兄ちゃんは、

「行ったら、ダメ」

一応止めてはみるが、どうせ聞かないのは分かっているから、仕方なく自分も後からついてくる。

店から少し離れた住宅街にあるアパートから、かあちゃんの店を目指して歩いていると、だんだんと街は騒がしく、そして夜だというのに昼間のように明るくなっていった。

多分、まだネオンなんてのはなかったと思うが、提灯の明かりがあちらこちらに揺れ、酔った客の歌声や笑い声や怒声が響いてくる。

昭和三十一、二年のことで、まだ敗戦から十年後くらいだから、街には得体の知れない危険な香りが漂っていたはずだ。

そんな中を、小学校に入ったばかりの俺がちょこまかと歩き、後ろから中学生の兄貴が、あたふたとついてくるのだから、さぞ目立ったことだろう。

やがて聞き覚えのある歌声が響いてくると、俺はたまらなくなって走り出す。

「かあちゃん！」

赤提灯の灯《とも》る、カウンターだけの小さな居酒屋で、かあちゃんはよく、お客さんと一緒に手拍子で歌っていた。

かあちゃんの声は高く、遠くからでもよく聞こえたものだ。

かあちゃんは粗末なガラス戸の外に、俺と兄貴の姿を見つけると、困ったような顔をして店から出てくる。

そして、

「明日、お菓子を買ってあげるから」

とか、

「明日、おもちゃを買ってあげるから」

なんて優しく言い、

「早く帰りなさい。かあちゃんも、すぐ帰るからね」

俺の頭をなでて、まわれ右させると背中を押すのだった。

一度も、

「かあちゃんが働かないと、どうやって、ごはんを食べていくのっ！」

とか、

「いい加減にしなさいっ！　来ちゃダメでしょっ!!」

などと、ヒステリックに怒鳴られたりしたことはない。

何か買ってあげるとか、お小遣いをあげるからとか、優しくなだめられて帰された。

叱られたら、またそこで俺はグズッただろうが、優しく言われて背中を押されるので、大人しく来た道をとぼとぼと歩いて帰るのだった。

優しく接してくれていたものの、多分、かあちゃんはすごぉく困っていたのだと思う。

小学生の俺と中学生の兄貴が、危ない繁華街を歩いてやってくるのだから。

そうして俺が二年生になった時、かあちゃんは決意する。

俺を、佐賀のばあちゃんに預けようと。

まだ幼い息子を手放すというのは、かあちゃんにとってつらい決断だっただろう。

俺が泣いて嫌がるのを、見たくはなかっただろう。

だから、かあちゃんは俺に、佐賀に預けるということを一言も説明しなかった。

俺は、佐賀から遊びに来ていた、かあちゃんの妹・喜佐子おばさんが帰るお見送りという名目で駅のホームまで連れて行かれ、そのまま強引に汽車に乗せられたのだった。

四歳でかあちゃんの元に帰ってきた『泣き虫昭広』は、こうしてまた八歳で、かあちゃんと離ればなれになってしまった。

第3章　かあちゃんのいない毎日

佐賀に預けられた、かあちゃん大好きの『泣き虫昭広』は、一年のうち夏休みの四十日間しか、かあちゃんといられなくなってしまった。

俺は、かあちゃんに会いたくて会いたくてたまらなかった。

そして、よその子にお母さんがいるのが、うらやましくてうらやましくて仕方がなかった。

暗くなるまで神社で遊んでいると、

「よしおー、ごはんよ。帰っといで」

「ひろしくん、ごはんよ。帰りましょう」

お母さんが呼びに来て、友だちが一人、また一人と家に帰っていく。

いつも、俺だけが最後に取り残されるのだった。

それが、どうしようもなく寂しく感じられたある日。

俺は、家に帰ってばあちゃんに言ってみた。

「ばあちゃん、『昭広、ごはんだから帰っといで』って呼びに来て」

「もう帰ってきとるやないか。おかしなこと言うなあ」

「いいから、いいから。俺、もう一回、神社に戻るから。絶対来てよ」

呆《あき》れるばあちゃんに言い置いて、俺は、また神社へと走っていく。

すっかり日は暮れて、境内《けいだい》には誰もいなかったけれど、俺の心はわくわくしていた。

かあちゃんじゃないけど、それでも誰かが、自分を呼びに来てくれる。

それだけで、幸せな気分になれそうだった。

やがて、ばあちゃんが約束通り、境内への階段を上ってくるのが見えた。

「昭広ー」

ばあちゃんが、俺を呼ぶ。

(来たぞ、来たぞ)

思わず、笑みがこぼれた俺だったが、ばあちゃんの次のセリフは、

「早く帰ってこい。今日は、ごはんはなかぞ」

だった。

俺は感動するよりも大笑いしてしまったけれど、ばあちゃんの家は子どもの俺から見ても貧乏だったので、本当にごはんがないのかもと心配で気が気じゃなくなって、寂しさなんか吹き飛んでしまった。

さて、ばあちゃんの家にはまだ電話もなかったから、月一回やりとりする手紙だけが、かあちゃんと俺をつなぐホットラインだった。

なぜ月一回かというと、かあちゃんからは毎月一回、小包が届く。

その中にお金と、俺のパンツとシャツと、もみじ饅頭《まんじゆう》三個と、ばあちゃん宛と俺宛の二通の手紙が入っているのだった。

そして、ごくたまに文房具類とか、おもちゃが一緒に入っていることもある。

俺にはその月一回の小包が、かあちゃんが俺を思ってくれている証拠のような気がして、毎日、毎日、郵便屋さんが来るのを、今か今かと待っていた。

さらに送られてくる物が、かあちゃんからの愛情の証《あかし》のような気がして、返信の手紙では、いつも、いつも、おねだりをした。

『かあちゃん元気ですか？

この間は、シャツをありがとう。

こんどは、コマを送ってください。

今、学校ではやっています』

こんな感じだ。

そして次の月に、シャツと一緒にコマが送られてくると、俺の手紙は確かにかあちゃんに届いていて、俺はかあちゃんに愛されているのだという満足感で、心がはち切れそうになるのだった。

ただ、小さい頃の俺にはよく分かっていなかったけれど、かあちゃんの生活も苦しいので、おねだりの全部が叶《かな》えられるわけではなく、書いた半分も叶えられていたかどうか、というところだった。

さて、家の経済状態など知るはずもない無邪気な俺は、ある時、自転車が欲しくて欲しくてたまらなくなり、手紙に、

『らい月は、じてんしゃを送ってください。

みんな、楽しそうにのっています』

と書いて送った。

すると次の月、かあちゃんからはこんな手紙が届いたのだった。

『あきひろ、元気ですか。

ばあちゃんの言うことを、よく聞いていますか。

ばあちゃんに、心配かけたらいけませんよ。

ばあちゃんのことを、手伝ってあげてね。

ところで自転車って、何ですか。

かあちゃんは、見たことがありません』

高くて買ってあげられないとは、かあちゃんも書きづらかったのだろう。

それにしても、すごい返事である。

「ええっ?」

と俺は思ったが、かあちゃんの言葉を信じ、次の手紙では一生懸命に自転車の説明をする。

『かあちゃん、元気ですか。

シャツとパンツをありがとう。

じてんしゃというのは、タイヤが前と後ろにふたつついている、乗り物です。

ペダルをこぐと、走れます。

カッコいいです。

じてんしゃ屋さんに売っています。

らい月は、送ってください』

すると今度は、

『広島には、自転車は売っていません』

という手紙が来るではないかっ！

俺は、佐賀にいる間中、『自転車、送って』という手紙を送り続けたが、かあちゃんは、

『広島は都会で危ないので、自転車はないみたいです』

『自転車は大きくて、送り方がわかりません』

などと、応酬し続けたのだった。

思えば、意地でも『買えない』とか『無理です』とか書かないところが、気の強かったかあちゃんらしい。

それはともかく、かあちゃんの手紙には、毎回、

『ばあちゃんの言うことを、よく聞いていますか』

『ばあちゃんに、心配かけたらいけませんよ』

『ばあちゃんのことを、手伝ってあげてね』

の三箇条が書いてあって、さらには、

『ばあちゃんは、かあちゃんより年寄りなんだから、無理を言わないで大切にしてあげてね』

と続いていることもあった。

それで俺は、とにかくばあちゃんには心配かけちゃいけない。

ばあちゃんは大事にしなきゃいけない、と思っていた。

だから、ばあちゃんは大好きだけど、ばあちゃんに甘えるということはできなくて、その分、せめて手紙でおねだりして、かあちゃんに甘えていたのだった。

俺とは、半分漫才じみた手紙をやりとりしていたかあちゃんだったが、ばあちゃんへの手紙では、いろいろと悩みを打ち明けたりもしていたようだ。

後に、ばあちゃんから聞いたところによると、

『ある男性からプロポーズされているけど、どうしよう』

などという手紙も何度かあったらしい。

考えてみると、俺が小学校低学年なら、かあちゃんもまだ三十代だから、そんな話があっても全然おかしくない。

でも、どの男性も、かあちゃんが、

『男の子がふたりいるんですけど、引き取ってもらえるなら』

と言うと、去って行ってしまったと言う。

何しろ、みんなが貧しい時代だ。

自分の子でない男の子をふたりなんて、とんでもないと思ったのだろう。

そんなことが何度かあった後、かあちゃんは、ばあちゃんにこんな手紙を寄越した。

『おかあさん、私は二度と結婚しないと決めました。

子どもが大学に入るまで、働いて、働いて、働きぬきます。

子どもに辛い思いをさせているんだから、それがせめてもの償いです。

働いて、働いて、十円でも、百円でも、たくさんお金を送ります』

三十歳で夫と死に別れ、四十歳前後でこう決意するのは、本当に大変なことだったと思う。

かあちゃんは子どもに辛い思いをさせていると思っていたようだが、かあちゃんこそ俺と兄貴のために、女性としての幸せを犠牲にしてくれたのだ。

こんな風に、ばあちゃんに悩み事や相談事を打ち明けていたかあちゃんだったが、本当の意味で、ばあちゃんに心配をかけるようなことは、あまり書いてこなかったようだ。

かあちゃんは俺を佐賀に預けてしばらくしてから、居酒屋をたたみ、大きな中華料理店に勤めたのだが、

『一生懸命働いていたら、信用も友だちも、すぐできます。

社長さんにも、すごく良くしていただいているので、心配ありません。

お給料も、たくさんもらえます』

などと、羽振りの良さそうなことを書き、ばあちゃんを安心させようとしていたらしい。

けれど、長年の苦労と環境の変化のせいだろう。

かあちゃんは体を壊し、一ヶ月も入院してしまう。

『実は先月、入院していて、毎月四千円を送っていましたが、今月は半分の二千円しか送れません。なんとか、これで昭広のことをお願いします』

そんな内容の手紙がばあちゃんに届いたのは、退院後の定期便でだった。

俺は、盗み読みをするつもりはなかったのだが、誰かが玄関に訪ねてきた時、ばあちゃんが開いたままにしていた手紙を、ふと見てしまった。

そして、子どもながらにすごく困った。

何しろ、ばあちゃんの家は貧乏である。

これは一大事だと思った俺は、少しでも何とかしようと、いつもはどんぶり二杯食べていたごはんを、お金が半分しか送ってきていないので半分しか食べたらいけないと思い、その夜は一杯だけにした。

「具合でも悪かとね？」

「別に」

「おかわりして、ごはん、もう一杯食べんね？」

「もう、いい……」

「いつも、どんぶり二杯食べるくせに」

そこまで言って、うなだれている俺に気づいたばあちゃんは、ハッとして、とがめるように言った。

「お前、手紙を見たのか？」

訊《たず》ねられると、俺はたまらなく寂しくなって家を飛び出した。

かあちゃんへの心配と、何だか分からない悔しさがこみ上げてきて、じっとしていられなかったのだ。

「わ――――っ」

俺は川の土手まで行って、泣くだけ泣いた。

泣き疲れて家に戻ると、俺の部屋にはいつも通り布団が敷かれ、蚊帳《かや》がつられている。

蚊帳の中に入ると、枕元におにぎりが二つ載った皿と手紙が置いてあった。

『子どもが、お金のことなんか気にせんでいいから。ごはんくらい、しっかり食べなさい』

優しい言葉に、また涙を流しながら、しょっぱいおにぎりを食べていると、ばあちゃんが障子を開けて、

「ちゃんと食べろ。明日の朝が、ないだけだから」

笑って言うので、俺も泣きながら笑ってしまった。

『ばあちゃんに心配かけないように』

いつもかあちゃんに言い聞かせられていたように、頑張ろうと思ったのだけれど、神社の時といい、この時といい、結局、俺はいつも、ばあちゃんの明るさに助けられていたのだった。

第4章　かあちゃんのいる夏休み　その1

一学期が終わり、終業式の日がやってくると、俺の心は通知表なんかどこへやら。

広島のかあちゃんの元へ、すっ飛んでいった。

心だけではなく、俺は本当に、終業式の数時間後には広島行きの特急に乗っていた。

俺を不憫《ふびん》に思うばあちゃんが、終業式が終わって家に帰るとすぐに、佐賀駅まで送ってくれる。

そして、

「広島まで。特急券ば、ください！」

駅中に響くような、大きな声で言うのだった。

俺は、家が貧乏だと知っていたから、

「ばあちゃん、特急券なんか高いからいいよ」

毎年のように言うのだけれど、

「一年に一回会いに行くんだから、五分でも三分でも、一分でも早く着くのに乗れ」

ばあちゃんはそう言って、聞き入れてくれなかった。

ガタゴト、ガタゴト、汽車は走る。

ガタゴト、ガタゴト、かあちゃんに近づいていく。

そう思ったら、座席に腰掛けた『泣き虫昭広』の俺の目からは、どんどん涙があふれてくる。

心配かけちゃいけないと思っているから、ばあちゃんの前では泣けなかったけれど、汽車に乗ると、うれしくてうれしくて涙が止まらなくなってしまうのだ。

「僕、どうしたの？　お腹《なか》でも痛いの？」

いつも、ほかの乗客から聞かれていた。

そして、

「佐賀のばあちゃんの家に預けられていて。夏休みだから、広島のかあちゃんのところへ帰るんです」

事情を話すと、聞いた大人たちも、もらい泣きして一緒に喜んでくれたものだった。

何しろ、俺がどれだけかあちゃんに会いたかったかというと、七夕《たなばた》の短冊に五十回、『かあちゃんに会いたい』と書くくらいで、ある時、夏休みにかあちゃんにそれを見せたら、

「かあちゃんも書いたわよ」

と短冊を見せてくれたけれど、二回しか書かれていなかったので、

「俺の方が、会いたいのが多い」

とすねてしまったくらいのものだった。

さて、うれしいうれしい広島での夏休みが幕を開ける。

小学校低学年の頃の俺は、昔、広島に住んでいた頃から、全然成長がなかった。

夏休みの間、ずーっと一日中かあちゃんにくっついて回るのだ。

まず、朝起きる。

かあちゃんは夜の仕事なので、まだ寝ている。

寝ていても、かあちゃんはアパートにいるので、とりあえず安心だ。

やがて、友だちが誘いに来る。

(広島のアパートの近所に住む子どもたちは、夏休みにだけやってくる俺を、もの珍しがって仲良くしてくれた)

俺は、かあちゃんを起こしたい気持ちをグッとこらえ、疲れているかあちゃんを寝かしておいてあげようと、友だちと外に出る。

でも、五分も遊んでいると気になってくる。

「かあちゃん、もう起きたかなあ?」

そして、アパートに戻る。

まだ、起きていない。

仕方なく、また遊びに出る。

でもまた、五分もしないうちに気になる。

「もう、起きたかも」

そう思って、またアパートに戻る。

まだ寝ているので、仕方なく遊びに出る。

でも、五分後にはまた気になって……。

そんなことを、何回も何十回も繰り返していた。

そして、なかなか起きてこない日には、

「かあちゃん、もう起きてよ」

と言うかわりに、カーテンをほそーく開けて、かあちゃんに朝日を、ちょっぴり浴びせてみたりもした。

まぶしくて起きるんじゃないかなあ、なんて期待して。

それでも大概、十時頃までには、かあちゃんは目を覚ます。

起きると、まず台所で朝ごはんをつくってくれる。

ガスコンロでごはんを炊き、みそ汁を作るかあちゃんを見ながら、

「カッコいいなあ」

俺は、いつもため息をついた。

何しろ、ばあちゃんの家では、土間で竈《かまど》に薪《まき》をくべないと火がつかないのだ。

今なら逆に、竈の方が格好いいかも知れないが、当時の俺には、シュッとマッチ一本でガスコンロに火をつけるかあちゃんは、都会的でスマートに思えたのだ

った。

かあちゃんが居酒屋をやっていた頃は、夏休みも、夕方になるとやっぱり毎日が留守番だったが、中華料理店に勤めるようになると、時々は店に一緒に連れて行ってくれるようになった。

かあちゃんの勤めていた『蘇州』は、当時、広島で一番大きい中華料理店で、ラーメンや餃子《ギョーザ》だけではなく、酢豚や青椒牛肉絲《チンジャオニユウロウスウ》といった本格料理を食べさせる高級店だった。

その店に仲居さんとして就職したかあちゃんだったが、社長に提案して『演芸部』を立ち上げた。

初めは、昔、とうちゃんとやっていた居酒屋のノリで、宴会の席でカラオケ代わりに三味線を弾いていたのだが、ある時、お客さんに勧められたかあちゃんが歌うと、あまりにもうまいので、みんなびっくり仰天。

「歌ってください」

というリクエストがひっきりなしにあったので、そのうち、かあちゃんは、

「そういえば日本料理のお座敷で芸者さんが喜ばれてるんだから、中華料理の座敷にも出たらいいんじゃないの」

と、自分で歌い踊るのはもちろん、仲居さんの中から希望者を募り、自らが師匠になって芸を仕込み、歌や踊りつきの、今で言う宴会パックみたいなものを作り上げてしまったのだ。

お酌をすることもなく、また仲居さんより給料もいいので、『演芸部』は『蘇州』の女性従業員の間で憧れの存在だった。

そして、その『演芸部』の指導係であるかあちゃんは『秀子姉さん』と呼ばれ、みんなから憧れられ、慕われていた。

けれど、人の上に立つということは苦労も多い。

かあちゃんは、仕事は夕方からでも『演芸部』の人たちに稽古をつけるために、午後一時には店に入らなければならない。

そして、芸事を教えるのはもちろん、

「じゃあ、ここはみっちゃんと、せっちゃんが組んで踊って。あとの人は、そう、この音のところから出て行って、最後にみんなで踊りましょう」

などと、お座敷の舞台演出まで引き受けていたのだった。

そんな訳で、かあちゃんの仕事の拘束時間は長く、だから俺も一緒に連れて行ってくれたのだ。

かあちゃんと一緒に『蘇州』に出勤すると、まず、『秀子姉さんの部屋』へ行く。

そこは、かあちゃん専用の部屋で、三畳ほどの小さな日本間だが、仮眠もとれるようになっていた。

化粧台があり、三味線やバチが所狭しと置かれてあって、いつも白粉《おしろい》のいい匂いが漂っていたその部屋を、今も俺はなつかしく思い出すことがある。

かあちゃんが稽古用の浴衣《ゆかた》に着替えたり、お座敷用の化粧をしている横で、俺は夏休みの宿題をしたり、絵日記を書いたりしていたものだ。

夕方になって店が開くと、かあちゃんは更に、更に、忙しくなる。

かあちゃんは『演芸部』の指導係だけでなく、仲居頭も兼任していたからである。

宴会場で踊っていたかと思うと、電話に出て、

「え？　ひとり二千円じゃ歌と踊りは無理ですよ。どうしてもですか？　じゃあ、お料理を七品のところ五品に減らしていただいて、その分、少しだけでも歌を……」

なんて、宴会の幹事さんと予算交渉をしていたりする。

かと思えば、鶏の唐揚げ五人前が載った、重い中華の大皿を両手に持って階段を駆け上がっていき、お会計といえば、また階段をダダダーッと降りてくる。

で、今度は、

「はい。〇〇の間はお銚子が五本で、サービス料がいくらだから……」

なんて、レジの人に教えている。

何しろ、『蘇州』の売り物、お座敷宴会パック（？）の全体を把握しているのは、かあちゃんだけなのだから、目の回るような忙しさだったのだ。

それに、かあちゃんは自分で店を経営していただけあって、お客さんに合わせて機転を利かせるのが得意だったようだ。

この人たちは接待で二軒目に来るそうだから、料理は少なめにして歌や踊りで

サービスしてあげよう、とか、ここは予算があまりないらしいから、高価な料理は一品だけにして、お腹にたまる炒飯《チャーハン》を出してあげよう、とか。

あと、『蘇州』には家族連れも多かったのだが、そんな時は、子どもの喜ぶメニューを入れよう、とか。

そんなかあちゃんに、お世話になった人は多かったらしく、俺は、大人になってから、ある社長さんに、

「あなたのお母さんには、若い頃、随分、助けられました。接待なのにお金がないというと、いつもいろいろと工夫してやってくださって」

と、深々と頭を下げられたこともあったほどだ。

俺は、店中を仕切っているかあちゃんを、

「カッコいいなあ」

と思っていたが、やっぱり、お座敷に上がるかあちゃんを見ているのが一番誇らしかった。

初めて『蘇州』に一緒に行った時、かあちゃんは俺に、

「昭広、見ときよ。かあちゃん、いっぱい拍手もらうから」

そう言ってお座敷に出て行った。

俺が宴会場の外からこっそり見ていると、『演芸部』のお姉さんたちが歌ったり踊ったり、賑《にぎ》やかな舞台がどんどん進行していく。

賑やかな舞台は楽しいが、かあちゃんの姿は見あたらない。

「かあちゃん、出とらん」

俺が、つまらないなあと思っていると、いよいよ舞台も大詰めという頃、紋付き袴《はかま》の凜々《りり》しい人が、颯爽《さっそう》と登場した。

かあちゃんだ！

かあちゃんは、今で言う宝塚の男役みたいな雰囲気で、キリリとカッコ良く登場。

得意の黒田節を踊ってみせると、次にはバッと着物を脱ぎ捨て、女物の衣装に早変わりして三味線を弾いて歌った。

それまで賑わっていた宴会場は、かあちゃんが現れるとともに静まりかえり、みんながかあちゃんの踊りや歌に陶酔し、そして終わると、大きな大きな拍手がわき起こった。

『取りをとる』と言って、一番うまい人が最後に登場するのだと後で聞いたが、俺はこの時、本当にうまい人が登場すると、客席というのは静まりかえるんだなあということを知った（カラオケなんかでワイワイやっていても、本当にうまい人になると、みんな聴き入るよね？）。

水商売などでは、小さな子どもに働いているところを見られたくないという人もいるようだが、誇りを持って働いているなら、どんな仕事だって子どもに見せるべきだと俺は思う。

だって俺は、その時のかあちゃんの誇らしそうな顔や、みんながその芸に陶酔している様子や、

「あれが、俺のかあちゃんだ」

という俺自身の誇らしい気持ちを、一生忘れないと思うから。

「かあちゃん、カッコ良かったよ」

あんまり、俺が褒めたからだろうか。

次の日、かあちゃんが俺に、ちょっとだけ踊りを教えてくれた。

といっても、手ぬぐいを漁の網に見立て、足で踏んで『ソーラン節』の一節を踊る、というものだったが。

それでも、真面目に二、三日も稽古した頃、かあちゃんが言った。

「今日はお座敷の時に隅っこで見てて、かあちゃんが合図したら、ちょこっと顔を出してごらん」

その日のお座敷で、俺がかあちゃんの合図に、隅っこにひょこっと顔を出すと、

「あれ？　今、子どもがいなかった？」

「いた、いた。何？」

お客さんの何人かが気づいて、言い出した。

すると、かあちゃんは涼しい顔で、

「あら、ごめんなさい。うちの子です。夏休みだから遊びに来ていて」

なんて言っている。

「わあ、ちょっと呼んで、呼んで」

「僕、出ておいで」

お客さんに呼ばれて、俺は舞台に出て行くとペコリとおじぎをした。

「おお、かわいいなあ」

「何か、できるの？」

「いっこだけ」

俺がそう言ってチラリと見ると、かあちゃんはニコニコとうなずいて、ソーラン節を弾きはじめた。

俺は、習ったとおり一生懸命踊った。

そうしたら、みんな大笑いの大喝采。

「うまい、うまい」

「すごい、すごい」

「はい、これ、ご褒美」

チップまでもらい、俺の初舞台は大成功に終わったのだった。

思えば、かあちゃんの芸人魂が満州の慰問団で生まれたように、もしかしたらこの時に、俺の芸人魂が生まれたのかも知れない。

ところで、お店に行く日は、昼の一時から夜まで『蘇州』で過ごすので、夕ごはんは『蘇州』で食べることになる。

これがもう、俺にとってはまさに『天国』だった。

『蘇州』には、腕のいいコックさんが七、八人もいたが、中でも料理長・王《ワン》さんは、東京の有名中華料理店のコックも務めていた人で、俺なんかが見たことも聞いたこともないような料理を魔法のように作り出す。

北京ダック、フカヒレスープ、鯉のあんかけ、棒々鶏《バンバンジー》……。

はじめ聞いた時は、一体、それがどんなものなのか想像さえつかなかった。

そんな素晴らしい料理を作る王さんが、夕方ともなると俺に、

「何が食べたい？」

と聞いてくれるのだ。

さすがに、フカヒレスープとか鯉のあんかけとはいかないが、

「炒飯がいいか。それとも中華そばか？　焼きそばもうまいよ」

なんて言ってくれるのである。

この頃は、まだ、ほとんどの人がそうだったと思うのだが、

「何が食べたい？」

なんて聞いてもらえる幸運は、めったに巡ってこなくて、出されたものが、その時、家にある唯一のメニューで、食べられることそのものが嬉しかったものだ。

だから俺は、夕方になって王さんが、

「何がいい？」

と聞いてくれるのが待ち遠しくて待ち遠しくて、でも、いざ、何にするかと聞かれると、あれもこれも食べたくて、なかなか決められなかったものだ。

夜も更けてゆき、九時頃になると、さすがに俺は眠くなってくる。

『秀子姉さんの部屋』で、かあちゃんの白粉の匂いに包まれ、宴会場のざわめきを聞きながら、いつの間にかうつらうつらしてしまう、というのが常だった。

そして、十一時頃、

「昭広、帰るよー」

かあちゃんに起こされると、眠い目をこすりながら、夢うつつでタクシーに乗り込む。

タクシーなんていうのも、佐賀ではまず乗ることのない贅沢《ぜいたく》な物だった。

きらびやかなお座敷の世界、王さんの高級中華料理、普段は乗ることのないタクシー、とにかく広島での夏休みは、素敵なものであふれかえっていた。

でも、何よりも、いつもかあちゃんが隣にいることが、本当に本当に嬉しかった。

第5章　かあちゃんのいる夏休み　その2

中華料理店『蘇州』でのかあちゃんは、あまりに忙しく、かまってもらえなかったので、退屈した俺は、だんだんと外へ遊びに行くようになった。

それでも初めは、外へ出るのは昼間だけで、夜は大人しく『秀子姉さんの部屋』で宿題をしたりしていたのだが、小学校高学年にもなると、夕飯が終わった後にもふらりと表へ出るようになった。

夏の夜は、家の中に閉じこもっているよりも、外の方が気持ちのいいものだ。

その頃の広島には、屋台街と呼ばれる地域があり、何十軒ものお好み焼き屋さんが軒を連ねていた。

ソースの焦げるいい匂いにつられて、屋台街をぶらぶらと散歩しているうちに、俺は、毎日のように、屋台に出入りしている子どものグループがあるのを発見した。

しかも、物なれた様子で、椅子に座るなり、

「おばちゃん、そばの肉たま」

「あ、俺はそばの肉イカ天」

なんて注文している。

「ひゃあ。都会は、子どももカッコよか」

俺は、憧れのまなざしを向けるばかりだ。

自分も同じようにしてみたいなあと思ったけれど、そんなお金も勇気もない。

けれど毎日、うらやましそうに見ていると、こちらも子ども一人なので目立ったのだろう。

「お前、見かけないけど、どこの小学校？」

ある日、向こうから声をかけてくれた。

「学校は佐賀の学校。夏休みだけ、こっちに来てると」

「佐賀って、どこ？」

「九州」

「へーえ？　九州かあ」

そんな話に始まって、かあちゃんが『蘇州』で働いていると言うと、

「お前も商店街の子か。うちは、あそこのジャズバー」

「俺の家は、向こうの喫茶店」

「うちは、パチンコ屋やってる」

なんて、みんな近くの商店街の子どもたちらしかった。

『蘇州』は、広島で一番大きな商店街にあったので、周りのお店にも、俺のように親にかまってもらえない、商売人の子どもたちがたくさんいたのだ。

中でも彼らの親は、夜も忙しい店を経営しているので、子どもに小遣いを持たせ、外に遊びに行かせているようだった。

佐賀では子どもが夜、遊んでいるのなんて、祭りの夜くらいだったから、夜に親から外で遊んで来いと言われてるなんて、やっぱり都会は違うなあと思った。

俺としては、都会派の彼らに、

「カッコいい」

と憧れたのだが、彼らからすると、田舎者の俺の話が面白かったらしい。

家の前の川でとれたザリガニをみそ汁に入れて食べるとか、大きな椋《むく》の木に登って木の実をもいで食べると言うと、目を丸くして聞き入ってくれた。

そして、俺も彼らの仲間に入れてくれ、お小遣いの足りない日には、お好み焼きをおごってくれたりもするようになった。

そんなある日のことだった。

いつものように三、四人のメンバーで、屋台でわいわいやっていると、隣で一杯ひっかけていた、ちょっと酔っぱらったおっちゃんが話しかけてきた。

「おい。君ら、なんで金持ってるねん？」

お調子者の俺が答える。

「お金持ちだからでーす。この子は、そこの角のパチンコ屋の息子。こっちは、向こうのバーの子。で、こっちがそこの喫茶店の長男です」

おっちゃんは、ちょっとひるんだ様子を見せるが、

「子どものおる時間じゃないぞ。帰れ」

赤い顔をして、もっともらしいことを言い出す。

けれど、

「帰っても、まだみんな働いてるもん。迷惑って言われる。外で遊んでろって小遣いまでもらってるのに」

一番ませたバーの息子が言い返すと、おっちゃんも俺らの存在を許すしかなくなった。

「そうか。親がそう言うんなら、仕方ないなあ。お前たちも、苦労してるなあ」

「そう、そう」

俺たちは、またいつもの調子で、仲良くお好み焼きをつつき始めたが、しばらくすると退屈してきたのか、喫茶店の息子が隣のおっちゃんに構いだした。

「ねえ。おっちゃん、聞いて。この子、本当はすっごい田舎に住んでて、川からザリガニとってきて食べるんだって。おっちゃんは食べたことある?」

「へーえ。ザリガニかあ」

おっちゃんも、小さい頃は食べたことがあったんだろうか。

酔いも大分回ってきたと見えて、ちょっと話に乗ってきた。

そこで俺は、家の前には川が流れていて、川の上流には市場があるので、ばあちゃんは川に棒を渡して、市場の人が捨てた野菜を棒に引っかけて拾っています。そして、きれいなところだけ食べています。ばあちゃんは川のことを、勘定のいらないスーパーマーケットと呼んでいます、なんて話を得意になって披露した。

おっちゃんは大爆笑。

すっかり仲良くなって、いろいろ話していたのだが、どこからそういう話題になったのか、

「俺、すっごく足、速いよ」

俺が言うと、

「ほーう。じゃあ走って見せてくれよ。そうだ、どうせだから、みんなで走れ。一等賞には、おっちゃんが小遣いをやろう」

そんな展開になった。

で、どこで走ろうということになったのだが、時間は既に九時過ぎ。

ほとんどの店がシャッターを下ろしているアーケード街だったら、みんなが一列に並んで直線距離を走れるだろうということになり、商店街まで歩いていった。

人気《ひとけ》のない、本通りのアーケード街は、確かに一直線で走りやすそうだ。

ここがスタートライン、と決めると、そこは男の子同士。

それまでゲラゲラ笑っていたのが、みんな、ちょっと真剣な表情になる。

「位置について、よーい、ドン！」

おっちゃんが叫ぶと同時に、俺たちは一斉に走り出した。

どこか浮き足だったような、なまぬるい風の吹く夏の夜。

人気のないアーケード街を走った、あの光景を思い出すと、俺の脳裏には、今でも商店街の子どもたちの笑顔や、お好み焼きの匂いまでが、鮮明に浮かび上がってくる。

かけっこの結果はというと、学年で一番足の速かった俺は見事一等賞。

おっちゃんから、ジュースと百円をもらった。

今なら、酔っぱらいと子どもが遊ぶなんて危険と言われるかも知れないが、その頃の広島は、都会とはいっても、まだまだそんな他人同士の触れあいのある温かな街だったのだ。

他人との触れあいといえば、『蘇州』で働く人たちには、本当に良くしてもらった。

俺は、終業式が終わったらすっ飛んでくるほど、かあちゃんに会える夏休みを

楽しみにしていたが、かあちゃんの方でもそうらしく、俺が来る随分前から、

「夏休みには、息子が来るんでお願いします」

「一週間後には、息子に会えます。楽しみです」

「あと二日で、あの子に会えると思うと嬉しくって」

などと始終、仕事仲間に話していたらしく、『蘇州』の人はみんな、俺がやって来る前から俺の存在を知っていて、歓迎してくれた。

ただ、誰もがみんな、

「通知表もらったの？」

「5は、いくつあったの？」

と追及するので困ったけれど。

何しろ俺は、大好きなかあちゃんにも、一度も通知表を見せないほど、勉強は自信がなかったのだ。

それで、通知表の話題を出されると、俺が自転車をねだった時のかあちゃんからの手紙のように、

「え？　通知表って何ですか」

「佐賀には、ないみたいです」

って、ごまかしていた。

通知表の件は困ったけれど、早番で上がる仲居さんなどが、

「昭広ちゃん、ずっとお店にいても退屈でしょ。おばさんの家に遊びにおいでよ」

なんて誘ってくれるのは嬉しかった。

王さんの豪華な炒飯や、屋台のお好み焼きもいいけれど、いくら子どもでも、外食はやっぱり毎日だと飽きる。

仲居さんの家で手作りの夕飯をご馳走《ちそう》になったり、その家の子ども達と花火をして遊んだりするのは、また楽しい時間だった。

けれど、遅い時間になると、みんな、

「昭広ちゃん、今日はもう泊まっていったら？」

親切に聞いてくれたが、俺は、外泊だけは絶対にしなかった。

一年のうちでかあちゃんと一緒にいられるのは、この夏休みの四十日間だけ。

絶対に、毎日、かあちゃんと寝るぞ！

朝起きたら、一日も欠かさず、かあちゃんにおはようって言うぞ！
佐賀にいる時から、そんな風に心に決めていたからだ。

第6章　かあちゃんのいる夏休み　その3

さて、かあちゃんには、プロポーズされた事が何度かあったらしい、という話を書いたが、今になって考えると、

「もしかして、あの人がそうかな？」

と思うような出来事が、二度ほどあった。

もちろん両方とも、夏休みの事だ。

一度は昼間、かあちゃんが俺によそ行きの服を着せ、

「集金に行くから、一緒に行こう」

と誘った時のこと。

飲食代を付けにしておいて月末にまとめて払うというのは、当時なら割合多かったことだし、俺も何度か集金についていったことがあった。

でも、その日は、なぜか『よそ行き』である。

よそ行きを着た俺とかあちゃんは、郵便局に勤めている男の人を、

「集金に伺いました」

と訪ね、その後は三人で、なかなか洒落《しゃれ》たレストランに食事に行ったのだった。

ちょっと、彼氏っぽいでしょ？

それからもう一度は、かあちゃんがちょっと用事を済ませに出かけていた時のこと。

見知らぬおじさんが、アパートに訪ねてきた。

「おかあさんは？」

「出かけてるけど、すぐ帰るって言っていました」

おじさんは、それじゃあ少し待たせてくださいと言ったけれど、俺とふたり、家にいるのも気詰まりだと思ったのだろう。

「ちょっと、その辺を一緒に歩かないか？」

俺を、散歩に連れ出した。

そして近所の大きな八百屋さんの前まで来ると、

「何か買ってあげようか」

と言ってくれたので、無邪気な俺は、

「バナナ！」

と即答した。

バナナはとても高価だったが、おじさんは一房まるごと買ってくれた。

それから、かあちゃんが帰ってきて、どうしたのかはよく覚えていないのだが、これも、わざわざ俺にバナナ一房を買い与えるなんて、かあちゃんのご機嫌をとりたかったのかなあ、と思ったりする。

まあ子どもの記憶だし、いつ頃にあったことだったかもよく覚えていないので、もしかしたら、どっちもただの親戚とか知り合いのおじさんだったのかも知れないけれど……。

かあちゃんが再婚しなかったのは、子どもの俺としては嬉しかったけれど、今、大人になって考えてみれば、仕事ばかりの人生じゃなくてロマンスもあった方が、かあちゃんにとっては良かったなあと思える。

ロマンスとまではいかなくても、かあちゃんが、みんなに人気のあったことは確かで、広島で俺と仲良くしてくれる友だちにも、かあちゃんのファンが多かった。

ある年の七月の定期便のことだ。

『昭広、今年の夏休みに広島へ来る時は、汽車の中からアパートの屋根を見てごらんなさい』

手紙にこんな風に書いてあった。

当時、かあちゃんは白島《はくしま》という場所に住んでいて、広島駅に到着する五分くらい前、汽車の左手の窓からアパートの屋根が見えるのは俺も知っていた。

けれど、小さなアパートの屋根だから、見えている時間は短い。

俺は、分からないながらも、大好きなかあちゃんの手紙に書かれてあったことだから、絶対に屋根を見逃してはいけないと思って、その年は一時間も前から、左側の車窓にへばりついていた。

すると！

なんと、アパートの屋根に『おかえり　あきひろ』と書いてあるではないか。

一体、かあちゃんがどんな魔法を使ったのか知らないが、俺はすごく感激して、
普段でもかあちゃんに会えると思うだけでうれし泣きしているのに、涙があふれ

て止まらなかった。

後で聞いてみると、模造紙を何枚も貼り合わせたものに、マジックでかあちゃんが文字を書き、お隣の小川君《おがわ》をはじめ、広島での俺の友だちに屋根に貼ってもらったのだと言う。

俺は最近、小川君に会ったが、

「昭広くんのかあちゃんは、本当に面白かった。あの時も、いきなり俺たちを呼びつけて『これ、いいでしょ？　屋根に貼って』って。面白いこと、考える人だなあと思ったよ」

と笑っていた。

すごくいいことを考えついたと思ったかあちゃんは、きっとキラキラ顔を輝かせて、自分が子どもみたいな顔をして、小川君たちに頼んだのだろう。

いくらかあちゃんが思いついても、屋根に貼ってくれる人がいなければできないことだったから、かあちゃんファンの子どもたちあってこその、夢のコラボレーション企画だったと思う。

『蘇州』のお客さんにも、『秀子姉さん』のファンは多かった。

嬉しかったのは、『蘇州』にはプロ野球の選手もいっぱい来ていて、秀子姉さんの息子である俺に、親しく声をかけてくれることだった。

これは、俺の野球好きに大きく影響していると思う。

何しろ、夏休みは野球シーズンまっただ中。

そして『蘇州』は、広島市民球場のすぐそば。

プロ野球選手が、ぶらぶらしている俺を手招きして、

「昭広くん、ひまだったら、これ、観に行けば？」

招待席のチケットを渡してくれるなんて幸運も、たびたびあった。

小さい頃は、かあちゃんの休みを待って、一緒に球場に行っていた俺だったが、小学校高学年ともなると、かあちゃんが働いている間に、ひとりで観に行くようになった。

小学生がひとりで野球観戦しているだけでも目立つのに、何しろプロの選手からもらったバックネットの招待席に座っているのだから、一体、何者なんだと思われたようだ。

「僕、チケットもってる？　ここは特別な席だよ」

とか、

「僕、こんな席にひとりで来たの？　お家《うち》は、何してるの？」

なんて声をかけられることも多かった。

ある時は、

「お母さんは、どこにいるの？」

と聞かれたので、

「『蘇州』で踊ってる」

って素直に答えたら、

「あ、じゃあ秀子さんの息子さんか」

バッチリ当てられてしまったので驚いたこともあった。

かあちゃんは人気者の上、有名人だったのだ。

そんな有名人のかあちゃんを独り占めできる日。

それは、かあちゃんが休みの日だった。

といっても、『演芸部』の指導係で仲居頭のかあちゃんには、夏休みの四十日の間に、数日の休みしかなかったけれど。

でも、休みがとれるとかあちゃんは、いつも遊園地や海水浴に連れて行ってくれた。

特に俺は、『楽々園《らくらくえん》』という海水浴場に行くのを楽しみにしていた。

宮島線『楽々園駅』にあった、その海水浴場は遊園地に併設されていて、今でいうリゾート地という感じで、すごくお洒落な場所だった。

「明日はかあちゃん休みだから、『楽々園』で海水浴だよ」

俺が目を輝かせて言うと、料理長の王さんが、

「じゃあ、これ持っていって食べるといいよ」

フルーツや唐揚げを持たせてくれる。

これに、かあちゃんが作ってくれる、おにぎりや卵焼きの弁当を持って、朝早くから市電に乗って出かけるのだった。

白島から乗って、八丁堀で『宮島行き』に乗り換える頃には、俺の夏休み気分は最高の盛り上がりを見せる。

海水浴場は、いつも家族連れで賑わっていた。

佐賀では、家族連れを見るたびに寂しい思いをしていた俺も、この海水浴場では、いつもかあちゃんと一緒だから、みんなに自慢して回っていたものだ。

「ほら、ほら。俺も、かあちゃんと一緒なんだよー!!」

って。

でも、今思えば、いつもかあちゃんと一緒にいる、ほかの子どもたちには、俺が何をはしゃいで回っているのか、さっぱり分からなかっただろうなあ。

『楽々園』での時間は、夏休みの中でも最高に楽しかったけれど、ただ一つ、ちょっとだけ不満だった事は、かあちゃんは海に来るといつも、大きなパラソルの下に座って俺が海で遊ぶのを見ているだけだったことだ。

よそのお母さんの中には、水着になって子どもと一緒に遊んでいる人もいる。

「かあちゃん、泳げないの？」

「ううん。泳げるよ」

「じゃあ、一緒に水に入ろうよ」

「ごめんね。真っ黒になったら、お座敷に出られないから」

かあちゃんは、少し寂しそうに笑った。

俺は寂しかったけれど、お座敷に出ているかあちゃんはカッコいいので、我慢しようと思っていた。

それでも一度だけ、かあちゃんが泳いで見せてくれたことがあって、すごく上手だったので、佐賀に帰ってからばあちゃんに話すと、

「秀子は、足も速かったし。運動神経がいいから」

と言っていた。

俺の足が速いのは、かあちゃん似なんだと思うと、すごく嬉しくて誇らしかった。

遂に楽しい楽しい夏休みも残り少なくなってくると、俺は毎年、こう言い出す。

「かあちゃん、熱あるみたい」

「そう」

「かあちゃん、頭もいたい」

「そう」

「お腹も痛いよ」

「はい、はい。分かったよ」

仮病とまでは言わないが、俺の具合が悪くなるのは精神的なものと分かっているので、かあちゃんはあまり取り合ってくれない。

それでも俺は、何とかかあちゃんの気を引こうと、

「熱、どんどん上がってるみたい」

「体中、痛い」

一生懸命、言い続けるのだった。

かあちゃんは、

「そうか」

「分かった、分かった」

と返事はしてくれるものの、

「それじゃ具合が良くなるまで、広島にいる？」

とは一度も言ってくれなかった。

そんなことをしても一時しのぎで、どうせいつかは、帰らなければならないの

だから。

「また来年は、すぐ来るよ」

いつもそう言って、俺をなだめてくれた。

でも、それは多分、かあちゃんが、かあちゃん自身に言い聞かせていた言葉でもあったのだろう。

かあちゃんは、駅で俺を見送る時、決して顔を合わせようとはしなかったから。

「すみませんが、この子、ひとりで乗せるんで。佐賀に着いたら降ろしてやってください。よろしくお願いします」

車掌さんに、何度も何度も頭を下げると、俺には、

「あと三百六十四日で、また会えると」

そう言い置いて、顔を見ようともせず、くるりときびすを返してしまうのだった。

多分、涙を見せるのが嫌だったんだろう。

それに、かあちゃんが泣いているのを見たら、俺なんか、たちまち『泣き虫昭広』になってしまうから。

それにしても、あの頃の俺は、かあちゃんと一分でも一秒でも一緒にいることが、何より大事だった。

「特急で来たと？　じゃあ、かあちゃんも特急券、買ってあげよう」

そう言われると、俺はいつもこう答えていたものだ。

「ううん、いい。特急は、ものすごい勢いでかあちゃんから離れていくから。各駅は、ゆっくりかあちゃんから離れていくから、各駅がいいよ」

俺にとっては、何気なく言った言葉だったけれど、いつも明るいかあちゃんが、目を潤ませてうなずいていた。

それでも、まだまだかあちゃんといたかった俺は、小学校四年生くらいからは、九月一日の早朝六時頃に佐賀に着くよう、寝台車に乗せてもらうことにした。

これなら、八月三十一日の夜まで、かあちゃんと一緒にいられるからだ。

ただ、ガタゴトと汽車の走る音だけになった深夜の寝台車で、カーテンを引き薄い毛布にくるまっていると、かあちゃんと別れてきた寂しさが、いよいよ身にしみてくるので、これにはちょっと困ったけれど。

第7章　自転車と預金通帳

かあちゃんのお陰で、小さい頃からプロの野球選手に可愛がってもらった俺は、中学に入学すると迷わず野球部に入った。

野球部は厳しく、夏休みも毎日練習だったので、お盆を挟んで一週間くらいしか、かあちゃんのいる広島へ行けなくなったが、俺も少しずつ大人になっていたのだろう。

それで、野球をやめたいとは思わなかった。

ただ、やっぱり休みになるとすっ飛んで広島へ行き、ギリギリまで戻らなかったけれど。

当時の俺の夢は、広島の広陵《こうりょう》高校へ入り、かあちゃんと一緒に暮らすということだった。

知っている人も多いと思うが、広陵は野球の名門で、甲子園にも何度も出場している。

もちろん、俺自身が野球が大好きというのもあったけれど、名門・広陵で野球をやれば、かあちゃんも鼻が高いに違いないという気持ちがあったのも確かだ。

夢を胸に、中学校の三年間、俺は野球に打ち込んだ。

そして。

広陵高校に、スポーツ推薦で入学が決まったのだ!!!

俺が広島へ戻るという日。

かあちゃんは、毎年、夏休みの帰省でそうしていたように、広島駅まで迎えに来てくれると言ったけど、俺は断った。

「わざわざ来なくていいよ。だってもう、いつでも会えるから」

俺が言うと、かあちゃんも、

「それも、そうね」

と賛成してくれた。

そして俺は、初めて広島駅から我が家へひとりで帰った。

もう、佐賀に帰らないんだ。

ずっと、ここで、かあちゃんと暮らすんだ。

そんな喜びを噛みしめながら。

その頃には、かあちゃんはアパートから引っ越して小さな借家を借りていた。

「ただいまー」

俺が、玄関の戸を開けて叫ぶと、

「おかえりー」

かあちゃんが、家の中から出てくる。

なんだか、すごーく新鮮で、不思議で、そして滅茶苦茶に照れくさくて嬉しかった。

思わず、かあちゃんから目をそらすと、そこにはピカピカの自転車が置いてあるではないか！

こんなものは、前に夏休みに来た時はなかった。

「あんた、自転車が欲しいって、ずーっと手紙に書いてたでしょ。八年間、かあちゃんと離れて頑張った褒美よ。これで高校に通ったらいいわ」

確かに俺は、ずーっと自転車が欲しいと言い続け、かあちゃんは、『自転車なんて知らない』『広島には売ってない』と言い逃れていた。

まさか、今になって買ってもらえるとは夢にも思っていなかったので、本当に驚いた。

そして、

「これで高校に通いなさい」

という言葉に、

「ああ。本当に、もうずーっとここで、かあちゃんと暮らすんだなあ」

ひしひしと実感がわいて、喜びは二重にも三重にもなった。

「そうかあ。かあちゃんが歌ったり、踊ったりして、頑張って働いて買ってくれたんかあ」

俺がピカピカの自転車を撫《な》でながら、感慨深げに言うと、

「そうよ。チップ号！」

かあちゃんが威張って答えるので、ふたりで大笑いしてしまった。

さて、十五歳にして初めて手に入れた自転車『チップ号』に、俺は、乗ってみたくて乗ってみたくて、うずうずしてきた（それまでは、友だちに借りて乗った

ことしかなかったのだ)。

それで、荷物を置くやいなや、

「かあちゃん、自転車乗ってくる」

と言い出した。

かあちゃんは、

「帰ったばっかりなのに、何もそんなに急がなくても。ちょっと、ばあちゃんの話でも聞かせてよ」

引き留めたが、広島に帰ってきた俺は、すっかり気が大きくなっており、

「かあちゃんとは、これからいつでも一緒だから、よかと」

なんて言って、自転車にまたがったのだった。

まだ三月で、外は少し風が冷たかったけれど、初めて乗る〝自分の自転車〟は最高だった。

俺は、気分が良くて、

「そうだ、海田《かいた》のおばさんとこまで行こう」

広島市からほど近い海田町に住む、おばさんの所に挨拶に行くことにした。

自転車なら、三十分あまりの距離である。

「こんにちはー。昭広です。広島に帰ってきました」

「まあ、まあ。秀子さんから聞いてるよ。広陵だってねえ。良かったねえ」

おばさんの家には、夏休みによく遊びに行ったりしていたので、俺の帰郷と高校入学をとても喜んでくれた。

「今夜はご馳走するから、泊まっていきなさいよ」

「え？」

夏休みは絶対に毎日、かあちゃんと一緒に寝る。

そう決めていた俺は、海田のおばさんの家にも泊まったことがなかった。

おばさんもそれを知っていたから、俺に泊まるよう勧めたことはなかった。

けれど、その日、おばさんは何でもない風に言ったのだ。

「泊まっていきなさいよ」と。

言われて俺は、戸惑ったけれど、

（そうか。もう泊まってもいいんだな。夏休みじゃないから。帰ってきたから）

そう思うと、また嬉しくて涙がこぼれそうになりながら、

「はい。泊まっていきます！」

おばさんに返事をしたのだった。

「かあちゃん、海田のおばさんの家に泊まってもいい？」

電話すると、

「いいよ、いいよ。かあちゃん、これから仕事だし、そうしなさい。明日、帰ってくればいいんだから」

かあちゃんも、すべて分かっているという感じで、喜んで賛成してくれる。

「うん。じゃあ、また明日。明日、帰るから」

自分の口から出た言葉を嚙みしめて、またまた俺は涙がこぼれそうになった。

「明日、帰るね」

なんて、いい言葉なんだろう。

高校生にもなるというのに、『泣き虫昭広』に戻ってしまった俺だった。

その日は、すっかりおばさんの家でご馳走になり、翌日は、かあちゃんとつもる話に花を咲かせた俺だったが、ふと、ばあちゃんのことが心配になってきた。

「俺は広島に帰ってきて、こんなに幸せだけど、ばあちゃんは、どうしてるんだろう？」

佐賀にいた八年間。

ばあちゃんの家では、川から水を汲《く》んできて、風呂を沸かしたり畑に水をやったりするのは俺の仕事だった。

「ばあちゃん、自分で水汲んでるのかな？」

「腰は大丈夫かな？」

そんなことを考えているうちに、いてもたってもいられなくなった俺は、広島に帰ってきて三日目には、かあちゃんに言っていた。

「俺、ばあちゃんとこに行ってくる」

「ええ？　戻ったばっかりなのに、もう？」

「うん」

「まあ、いいわ。気の済むようにしなさい」

「うん。『チップ号』で行ってくる」

「自転車で？　何日もかかるよ」

「うん。野宿しながら行ってみる。ばあちゃんにも『チップ号』、見せたいし」

俺は寝袋を買い込み、翌日の早朝に出発することにした。

朝、かあちゃんは俺に、大きなおにぎりを握って、持たせてくれる。

「車に気をつけなさいよ」

「うん。行ってきます」

「行ってらっしゃい」

俺は、笑顔でかあちゃんに手を振った。

笑顔で広島を出発できるなんて、これも、すぐにここに帰ってくると思えばこそだなあ。

またまた俺は、しつこく感動しながらペダルを漕いだのだった。

佐賀までは四百キロほどの道のりで、自転車で四日間かかった。

夜は、お寺の境内にでも泊めてもらおうと寝袋を持参したのだが、結局は、どのお寺も住職さんの家に泊めてくれ、夕飯までご馳走してくれた。

昭和四十年の話だ。

高度経済成長まっただ中、そろそろ人情が失われはじめた時代だったが、今から思えば、まだまだ大らかであった。


佐賀から広島へ、ばあちゃんと涙の別れをして引っ越していった俺が、ほんの一週間後に舞い戻ってきたのだから、ばあちゃんはすごく驚いた。

「もう、帰ってきたと？」

「うん。かあちゃんが自転車買ってくれたから、体を鍛えようと思って、走ってきた」

「そうか。広陵の野球部やけんね。頑張らんといかんからね」

ばあちゃんは、すっかり納得したようにうなずいたけれど、俺がかあちゃんからの土産の饅頭を渡すと、それを仏壇に供えながら、

「ナムアム、ナムアム。じいちゃん、あれは嘘ばい。私のことが気になるから来たと。あの子は、バカだから」

俺に聞こえているのも知らず、死んだじいちゃんに話しかけていた。

俺は、一週間ぶりに自分で川から水を汲んで風呂を沸かした。

これまで当たり前にしていたことなのに、なんだか懐かしかった。

それから、ばあちゃんが竈で炊いてくれたごはんを食べた。

ゲンキンなもので、子供の頃はガス釜がカッコいいと言っていたくせに、

「やっぱり、竈で炊いたごはんは最高！」

なんて思う。

「来てくれて良かったと。これを渡すのを忘れてた」

ごはんが終わると、ばあちゃんは仏壇から封筒を出してきて、俺に渡した。

「これ、かあちゃんに返しておいて」

「え？」

「昭広のために送ってきてくれた、お金の残りだ」

驚いて封筒の中を見ると、十四万円もの現金が入っている。

ばあちゃんは少ないお金をやりくりして、八年の間に、こんなに残しておいてくれたんだ。

そう思うと、胸がジーンとした。

ジーンとしたことはしたが、ちょっと待てよ、とも思った。

「ばあちゃん」

「ん？」

「うちって、貧乏だったよね」

「そう。先祖代々の貧乏！」

「俺がちっちゃい時って、ごはんがない日もあったよね」

「あった、あった」

「貯金するなら、米を買った方が良かったんじゃないの？」

「………」

　俺の鋭い指摘に、一瞬、黙ったばあちゃんだったが、

「何、言うか。時々、食わんでも元気にしとるばい」

　豪快に笑い飛ばすのだった。

　ばあちゃんのことだから、かあちゃんが送ってくれる中から何かの時のために
これだけは残しておこうと決めたら、米がなくなろうが、ひもじかろうが、その
意志を崩さなかったのだろう。

　幼い頃の空腹を思えば、ばあちゃんの律儀さがちょっと恨めしくもあったが、
こうしてふたり元気に笑っているんだから、やっぱりこれで良かったんだなと思

えた。

二、三日、ばあちゃんの家に滞在して、また四日かけて『チップ号』で広島へ戻ると、俺は、真っ先に十四万円の入った封筒をかあちゃんに渡した。

事情を聞くと、かあちゃんは佐賀の方向へ向かって拝みながら、泣き崩れた。

「お母さん、なんでここまでするの。着物の一枚でも、買えばいいのに」

まるで怒っているような、震えた声の中に、かあちゃんのばあちゃんへの感謝と尊敬が、いっぱい、いっぱい詰まっていた。

第8章　四十四坪・新築3LDK

高校に入学して、しばらくの後のことだった。

ある日曜日、かあちゃんがニコニコの笑顔で、

「今夜、『蘇州』においで」

と言う。

小学生の頃から『蘇州』に馴染《なじ》んでいた俺は、広島に戻ってきてからも、第二の家という感じで、よく遊びに行っていたので、

「わざわざ、何かな?」

と思ったが、野球部の練習が終わってから行ってみると、俺たちのためのテーブルが用意されていて、かあちゃんと兄貴はともかく、『蘇州』の社長まで座っているのだった。

「何?　何?　どうしたの?」

「まあ、まあ。昭広くん、座りなさい」

あせって聞く俺に、『蘇州』の社長はニコニコと言う。

そして、社長が従業員に指示すると、大人たちにはビール、俺にはジュースが運ばれてきた。

「実はね、今日はめでたい話があるんだ」

もったいをつけて言う社長。

かあちゃんも兄貴も、ニコニコしている。

一体、何があったんだろうか。

俺には皆目、見当がつかなかった。

みんなのコップに飲み物が注がれると、社長が口を開く。

「実は、秀子さんが土地を買いました」

「ええーっ！！？？」

何しろ、小さい頃から、

「うちは、貧乏だ、貧乏だ」

と思っていたし、なぜかばあちゃんは、

「先祖代々、貧乏！」

と威張っていたので、土地を買うなんて考えてみたこともなかった俺は、びっくりして椅子から転げ落ちそうになってしまった。

『蘇州』の社長は、さらに話を続ける。

「何といっても、『蘇州』がこんなに繁盛しているのは、秀子さんのお陰です。ですから私は、秀子さんから相談を受けた時、迷わず保証人として判子を押しました」

かあちゃんが、

「ありがとうございます」

とお辞儀をしたので、兄貴と俺もそれにならう。

社長は、また話を続けた。

「でも、まだまだ秀子さんに感謝し足りません。そこで私は、秀子さんの買った土地に、家を建てさせてもらうことにしました」

「えーっ！！？？」

「えーっ！！？？」

「えーっ！！？？」

社長のこの発言には、かあちゃんも兄貴も、もちろん俺も、家族そろって椅子から転げ落ちそうになってしまったのだった。

もちろん、かあちゃんはその申し出を断ったが、その頃、もう結構いいお歳《とし》になっていた社長が、

「うちは、子ども達も誰も後を継がないと言うし、私ももうこんな歳だし。本当に秀子さんがいなかったら、やってこれませんでした。どうぞ、家を建てさせてください」

涙ながらに言うので、ついに根負けして建ててもらうことになってしまった。

ところが、ところが!!

なんだか詳しいことはよく分からないが、家を建ててもらうと贈与税とか何とかが、たっぷりかかると言うではないか!!

よく分からないが、分からないながらもややこしいので、結局、かあちゃんは社長に丁重にお断りし、当初の予定通り、自分で家を建てることにしたのだった。

社長はとても残念がり、代わりに給料アップを約束してくれたそうだ。

どうせなら初めからそうしてくれれば良かったのだが、社長は、かあちゃんに

本当に感謝していて、何かドーンとプレゼントをしたいと思ってくれたのだろう。

さて、かあちゃんの買った土地は、四十四坪。

昔、とうちゃんが持っていた土地と、ちょうど同じ坪数だった。

俺が佐賀から帰ってきたり、来年には兄貴も九州の大学を卒業して広島で就職することが決まっていたので、タイミングが良かったということもあるが、でも、この同じ四十四坪、というのが、かあちゃんが土地を購入した決め手のようだ。

かあちゃんの中には、若くして亡くなったとうちゃんが失ったものを取り戻し、供養にしたいという気持ちが、ずっとあったのかも知れない。

「ここがね、お兄ちゃんの部屋。で、こっちが昭広の」

家の設計図が上がってくると、かあちゃんは、うれしそうに何度も何度も俺に見せた。

もちろん俺だって、すごーく嬉しかった。

でも、本当を言うと、なんだかよく分からない部分もあった。

物心がついた時は、広島の六畳一間のアパートだったたし、佐賀のばあちゃんの家は広かったが、はがれた茅葺《かやぶ》きにトタン板を打ち付けたボロ家だった。

そんな俺には、今、かあちゃんと住んでいる借家でも、十分、素敵な我が家に思えていて、ピカピカの『新築の家』や、そこに親子三人仲良く暮らすところなんて、うまく想像できなかったのだ。


やがて、棟上げ式の日がやってきた。

骨組みのできあがった家を見上げながら、かあちゃんはまた、俺と兄貴に、

「あの二階のあそこが、お兄ちゃんの部屋。こっち側は、昭広の部屋よ」

満足げに説明を繰り返す。

さすがに設計図だけよりも完成シーンが想像しやすく、ようやく俺の胸にも、

「本当に、かあちゃんの家が建つんだ」

という実感が湧いてきたのは、この頃だった。

棟上げ式の宴には、親戚の人も十人ばかり招待していたが、みんなの仕事の都合もあり、宴会は夕方からということになっていた。

宴までの時間、新しい木の匂いが香る家の敷地に、ベニヤ板で仮設テーブルを

設けたり、パイプ椅子を置いたり、仕出しの弁当やビールを並べたり、お祝いの席を仕切っているかあちゃんの顔は、自信に満ちて輝いていた。

「秀子は、すごか。こんな都会で家まで建てて。三味線とか歌とかできて良かったなあ」

佐賀からやってきたばあちゃんは、目を潤ませて、家とかあちゃんを見比べながら、何度も何度もそう繰り返していた。

集まってきた親戚たちも、

「よか柱ですねえ」

「立派な家ばい」

「秀子さんは、すごか」

誰もが口々に、建設中の我が家を褒め、女手ひとつで息子をふたり育て、家まで建てたかあちゃんを尊敬のまなざしで見つめたのだった。

そして、そんなかあちゃんを持つ俺は、本当に誇らしかった。

歌って、踊って、三味線弾いて。

大皿を両手に店内を飛び回って、電話の応対をして。

何年も、何年も、コツコツ、コツコツ、人の何倍も働いてきたかあちゃんの集大成がこれなんだな、と思った。

コツコツ、コツコツ、やるのは本当に大変だけど、やっていれば、いつかは良かったな、という日が来る。

説教くさいことなんて言われなくても、その日のかあちゃんを見ていれば、俺にはそれがよく分かった。

第9章　夢が、消えた日

その日は、本当に突然やってきた。

いつも通りに朝起きて、学校へ行って、部活をやって。

いつも通りに仲間と笑い合いながら、学校を出た。

明日も、同じような一日が待っているのだと信じて疑わなかった。

けれど、その日を境に、俺が心から野球部の仲間と笑い合うことはなくなったのだ。


広陵高校は、さすがに野球の名門で、広大な敷地に、三面のグラウンドを取って練習することができた。

年が明けて、高校一年生の一月。

俺は、三面あるグラウンドのひとつで、いつも通り二塁の守備についていた。

と、隣で練習しているチームの打球が、こちらに飛んでくるのが見えた。

同じ敷地内で、いわば三チームが別々に練習をしているので、こういうことはよくあり、俺たちは声を掛け合って、ボールが飛んでくるのを教え合っていた。

この時も、俺は、

「危ないぞーっ!」

ショートを守っているチームメイトに声をかけた。

そいつに襲いかかってくるボールに気をとられていた、その時だった。

別の打球が、俺の左肘《ひじ》を直撃したのだ!

「うっ!」

俺は、何が起こったのか分からないまま、その場にうずくまってしまった。

衝撃に驚いたものの、痛いという感覚はなかった。

が、ほんの数秒後。

強烈な痛みが襲ってきた。

不安に感じた俺は、一旦、部室に戻った。

痛みはどんどん激しくなっていくが、練習は休みたくない。

名門であるだけに野球部員は多く、周りはライバルだらけだ。

一分でも、一秒でもこの場を離れたら、脱落してしまう。
そんな強迫観念にも似た思いに、支配されていたのだと思う。
俺は湿布をしてもらい、再び守備の練習に戻った。
そして、何とかその日は練習をやり遂げ、いつも通りに校門を出た。
が、次の日の朝。
自分の左肘を見た俺は、愕然《がくぜん》とした。
パンパンに腫《は》れ上がっていたのだ。
どうしようもなく、その日は練習を休んだ。
次の日も、その次の日も腫れは引かない。
休めば休むほど、ライバルに差をつけられる。
病院に行くのは怖かったけれど、もうそうも言っていられなかった。
レントゲンをとってもらい、病院の待合室で待つ時間の長かったこと！
最悪の事態ばかり想像して、俺は柄にもなく震えていた。
けれど、お医者さんはにこやかに言ってくれたのだ。
「うん、骨に異常はないよ。一週間ほどで腫れも引くだろう」

その言葉に、俺はどれだけ安堵《あんど》したことか。

一週間だ。

一週間だけ我慢して復帰したら、一気に挽回だ！

焦《あせ》る心に、自分で言い聞かせて、毎日を過ごした。

一週間後。

医者の言葉通り、腫れは引いた。

けれど。

痛みは消えず、俺の左腕は直角のまま、曲がらなくなってしまっていた。

しかも、小指と薬指も動かない。

「どういうことや？」

一体、自分の体に何が起こっているのか。

恐怖に駆られた俺は、別の病院へ行くことにした。

診《み》てくれたお医者さんは、難しい顔で言う。

「もしかしたら、肘の軟骨にひびが入っているのかも知れない。軟骨は、分かりにくいんだ。多分、完治には二、三ヶ月かかるな」

二、三ヶ月。

一週間で治ると思っていた俺は、すっかり落ち込んでしまったが、まだ挽回できると信じていた。

いや、信じたかった。

休んでいた部活にも戻り、体力が落ちないように、せめて走った。

四月になり、二年生になった時、医者の言った三ヶ月がやってこようとしていたが、俺の肘はまだ曲がらなかった。

「一体、どうなってるんですか？」

詰め寄る俺に、お医者さんは、

「肘の内側の軟骨は、自然な回復を待つよりないんだ」

気の毒そうに言うのだった。

初夏が来ても、回復の兆しは見えない。

「いつ、治るんですか？」

その頃の俺は、肘のことしか考えられなくなっていたから、多分、必死の形相だったと思う。

お医者さんは言いにくそうに、でも、きっぱりと宣告した。

「今、まだこういう状態だからね。一年。そう考えていた方が、いいと思うよ」

絶望的だった。

普通なら、一年で治るなら儲けもの、というポジティブな考え方もできるかも知れない。

でも、その時の俺は、甲子園を目指す高校生だった。

しかも、二年生の夏。

一年後に治ることは、何の意味もないようにさえ思えた。

投げやりになった俺は、部活に行かなくなった。

学校にさえ、ほとんど行かなくなってしまった。

ばあちゃんに電話すると、

「手がダメなら、サッカーばせんね」

相変わらず明るく励ましてくれたが、さすがの俺も、力無く笑うことしかできなかった。

かあちゃんは、初めのうちこそ、

「自分でできなくなったんなら、またプロを観に行きなさいよ。はい」

なんて、お客さんからもらったプロ野球の招待券で、俺を元気づけようとしてくれたが、

「いらん」

いつになく冷たく言い放つ俺に、もう野球の話はしてはいけないんだと悟ったようだった。

正直、その頃のことを、俺はよく覚えていない。

ただただ、灰色の世界の中に、ぼんやりと佇《たたず》んでいた記憶があるばかりだ。

ずっと後になって、ばあちゃんや親戚のおばさん達から、かあちゃんが俺を心配して、

「これで不良になったりしなければいいけど」

何度も、何度もそう言っていたと聞かされた。

思えば、俺は自分の絶望にどっぷり沈んでいれば良かったが、かあちゃんは、どんなにハラハラしただろうか。

かあちゃんだって、すごく気落ちしていたはずなのに。

かあちゃんは、俺が広陵の野球部に推薦で入ったのが嬉しくて、嬉しくて、俺が広島に戻ったばかりの頃、よく近所の人とこんな会話をしていた。

「息子さん、戻られたんですって？」

「はい」

「高校は、どちらに？」

「広陵です」

「へーえ、広陵ですか」

広陵は有名校なので、これだけでも驚く人は多いが、かあちゃんはさり気なく続ける。

「ええ。広陵の野球部」

「野球部？　広陵の野球部ですか。すごいですねー」

すっかり、感心してしまった相手に、

「いえ、いえ。大したことないんですよ。特待生ですけど」

最後の一撃を加え、勝ち誇った笑顔で立ち去るのだった。

また、『蘇州』のお客さんであるプロ野球選手とは、よくこんな会話も交わしていたようだ。

「息子さんは、今どうしてるの？」

「はい。高校一年生で。広陵の野球部で頑張ってます」

「へーえ、広陵か。それは楽しみだねえ。いつか広島カープへ入ってもらわないと」

つまり、かあちゃんにとって俺は、自慢の息子だったわけである。

それが一転、登校拒否の不良になってしまったのだから、相談するとうちゃんもいないかあちゃんは、どれほど心細かっただろうと思う。

でも、その頃の俺は、かあちゃんを思いやる心など持てなかった。

広陵へのスポーツ推薦が決まった俺は、佐賀では有名人だった。

今年、広陵が甲子園に出場して、俺が出ていなかったら、

「なんだ、あいつ」

「大したこと、なかと」

なんて言われる。

笑い者だ。

もう、佐賀にも帰れない。

そんな、小さな小さな自分のメンツにばっかりこだわっていて、周りのことなんか見えなくなっていたのだ。

多分、周囲の人はみんな、これで俺はダメになると思っていただろう。

野球ばっかりやってきた人間から、野球を取り上げたら何も残らない。

実際、昔から勉強のできなかった俺だが、高校に入ってからは、ますます野球漬けだったから、もう教室に戻っても、何も理解することができなかった。

でも、俺でさえ投げ出していた俺の人生を、かあちゃんだけは、あきらめなかった。

それから卒業まで、学校にもろくに通わなかった俺なのに、先生に相談し、なんとか私立の大学へ入れてくれたのだ。

けれど、その頃の俺は、本物の大バカ野郎だった。

せっかく、かあちゃんが高い入学金を払ってくれた大学にもほとんど行かず、あっという間に辞めてしまったのだ。

それでも、かあちゃんは俺に文句を言うことはなかった。

その二年後には、俺は『都会に出たい』と、駆け落ちしてしまうのだが、その時も、かあちゃんはこう言っていたという。

「一緒に家出した娘さんの両親には悪いけど、私には昭広の気持ちも分かる。小さい時から、あちこちに預けられて。やっと母親の元に帰ってきたと思ったら、また佐賀に預けられて。それでも、あの子、グレもしないで野球に打ち込んできたのに。やっと広陵に入って、私とも一緒に暮らして。人並みに幸せになれると思ったら、あんなケガして。遠いところへ行きたかったたっていうあの子の気持ちが、私には分かるわ」

違うよ、かあちゃん。

俺は、甘ったれてただけ。

でも、あの頃の俺はまだまだ子どもで、プライドばかり高くて、自分自身でもそれが辛くて、ああするしかなかった。

どんな時にも、息子の気持ちを思いやろうとしてくれたかあちゃんの深い愛情を思うと、俺は、今も胸が熱くなる。

第10章　かあちゃん、大阪へ行く

俺は二十歳の時、家出というか駆け落ちをした。

相手は、今の嫁さんである。

ふたりの出会いや駆け落ちすることになった経緯《いきさつ》は、前作『がばいばあちゃんの幸せのトランク』に詳しく書いてあるので省くが、正直、この駆け落ちは、かあちゃんが後押ししないと成り立たなかったんじゃないかと思う。

弱冠二十歳の俺は駆け落ちの約束をしたものの、はっきり言って、ちょっとビビっていた。

だから、家出なんだから黙ってすればいいものを、情けなくも止めてもらおうと思って、

「かあちゃん、俺、東京に行こうと思う」

なんて打ち明けたのだった。

ところが、かあちゃんは東京での職さえ決まっていない俺を、止めるどころか、

「分かった、頑張りなさい」

と励ますのである。

「かあちゃん、無責任なこと言うのはやめて！」

言いたかったが、そういう訳にもいかない。

俺は仕方なく、ボストンバッグに荷物を詰め込み始めた。

これは行く決心がついたからじゃなく、夜中にこっそり抜け出そうとして、見とがめてもらうためである。

そんなに行きたくないなら、行かなきゃいいのだが、二十歳の男が彼女と約束しておいて、行動を起こさないわけにはいかない。

そういう気負った年代なのだ。

そんな訳で、ボストンバッグにいい加減に下着や服を詰め込んでいたのだが、

「ん？」

途中で、詰めていないはずの物がバッグに入っているのに気がついた。

「おかしいなあ」

思っていると、どこからかすーっと手が伸びてきて、バッグにトランジスタラ

ジオを突っ込んだ。

「かあちゃん、何してんの？」

「これもあった方が便利だろう」

何だか知らないが、かあちゃんが勝手に荷造りの手伝いをしているのである。

「昭広、これもいるか？」

「タオルも、あった方がいいわよ」

声をかけられて振り返ると、なんと一緒に住んでいた、兄貴とその嫁さんまで、タオルや懐中電灯を手にしていた！

一体、人の一生を何だと思っているのだ。

「もう、いい加減にして！」

俺は、なんだかすっかり馬鹿らしくなって、その夜は布団を被《かぶ》って寝てしまった。

ところが、ところが、翌日の朝には、もっととんでもないことになったのである。

「昭広、起きなさい」

かあちゃんに起こされて眠い目をこすると、時計はまだ六時。

俺は、また布団に潜り込む。

「はやく行かないと、遅刻するよ」

その頃、アルバイトも辞めてブラブラしていた俺には、遅刻する場所なんてない。

「どこに？」

俺は、布団の中から面倒くさそうに聞いた。

すると、かあちゃんは信じられないことを言ったのである。

「家出に」

「家出に遅刻なんか、ない！　東京なんか、行かない！」

俺はがばっと起きあがると、それだけ言って、また布団を被った。

が、かあちゃんはまだしつこく迫る。

「男が一旦、口に出したら、やり遂げないと」

「楽しいよー、都会は。都会はお前向きだし、東京がお前を待ってるよ。お前は東京が似合う」

一体全体、何の勧誘なんだという熱心さである。

ついには、家の外からクラクションが響き、

「おーい、エンジン、あったまってるぞー」

兄貴が呼ぶのだった。

この家の人たちは、何が何でも、俺を家出させたいらしい。

そう思った俺は、結局、覚悟を決めて車に乗り込んだのだった。

後々に聞くと、どうやら家族の誰も、俺が本気で東京に行くとは思っておらず、ふざけてやっていたらしいのだが、そのお陰で俺は、無事に（？）駆け落ちの約束を果たしたのである。

何のあてもなく、上京した俺と嫁さんだったが、すったもんだの挙げ句、俺は大阪で漫才修業をすることになった。

しつこいようだが、このあたりの詳しいことも『がばいばあちゃんの幸せのトランク』に書いてあるのでよろしく！

さて、漫才修業中はもちろん貧乏で、嫁さんの稼ぎだけを頼りに四畳半一間の

アパートに暮らしていたのだが、ある時、かあちゃんが広島から様子を見に来てくれた。

「わあ、あんたら、こんなとこに住んどるの？」

狭いオンボロアパートを見て、かあちゃんは俺と嫁さんを見比べる。

「いや、でも、ばあちゃんのとこに比べたら最新式やで」

「何、言ってるの。ばあちゃんの家は、古くても広いよ。律子《りつこ》さんも、苦労かけるねえ」

かあちゃんは嫁さんに頭を下げて、それから、俺の職場が見てみたいと言った。

職場と言われると、吉本興業の劇場『うめだ花月《かげつ》』になるのだろうが、まだ弟子の俺は別に舞台に出ているわけじゃない。

それでも、あんな人達を目指しているのだということは分かってもらえると思い、俺は劇場の支配人に、かあちゃんに舞台を見せてもらえるように頼んだ。

「もちろん、ええよ。お母さん、楽しんでいってください」

支配人さんは、かあちゃんにきちんと席を用意してくれた。

佐賀や広島には、吉本の劇場なんてないし、テレビ番組もやっていなかったから、かあちゃんは吉本の芸人さんや吉本新喜劇を観るのは初めてだった。

もちろん俺も、大阪で初めて吉本を観て、その面白さに感激して芸人を目指したのだったが、かあちゃんが舞台を気に入ってくれるかどうかは、ちょっと不安だった。

でも、かあちゃんは大笑いして楽しんだ後、

「あんたも早く、舞台に出れるようにならんとねえ」

言ってくれたのでホッとした。

考えてみれば、普通の親なら芸人なんて大反対かも知れないが、かあちゃんの場合、女学校をやめていきなりお座敷に上がってしまう人だから、心配いらなかったのかも知れない。

舞台を観た後は、夕方、嫁さんの仕事が終わるのを待って、かあちゃんが俺たちに中華料理をおごってくれた。

それから仲良く三人で、オンボロアパートに帰った。

「こんな狭いとこ」

と言いながら、ホテルになんて泊まらずに、オンボロアパートに三人がぎゅうぎゅう詰めで寝るんだから、昔は本当に無駄遣いをしなかったなあと思う。

かあちゃんは、二日ほど家に泊まって、広島に帰ることになったが、新大阪の駅まで送って行った俺は、またまた二十歳にして『泣き虫昭広』をぶり返してしまった。

自分で家出したくせに、かあちゃんと別れるのが寂しくてたまらなくなったのである。

「かあちゃん、俺、岡山まで送ったる」

当時、新幹線は広島まで乗り入れておらず、岡山から乗り換えになるので、そこまで送って行こうと思い立ったのだった。

「送ったるって、お金はあるの？」

「え？　ない」

「もう、本当にバカな子ばい」

かあちゃんは呆れながらも、自分のと俺のと、二枚の切符を買ってくれた。

そして俺は、かあちゃんと旅行気分で、新幹線の旅を楽しんだのだった。

楽しい時は、あっという間に過ぎていくというのは本当で、新幹線はあっという間に岡山に着いてしまった。

「ところで、あんた、帰りはどうするの？」

かあちゃんに聞かれて、俺は後先考えていなかった自分に気づいた。

まさか、またかあちゃんに切符を買ってくれとは言えない。

「適当に帰るよ」

俺が、力なく言うと、

「適当って、もう。はい、持っていきなさい」

驚いたことに、かあちゃんは、俺に財布を差し出したのだった。

「え？　でも、かあちゃんは？」

「私は、広島まで切符を買ったから大丈夫。大して入ってないけど、持っていきなさい」

俺は、ありがたく財布ごと受け取り、また新幹線に乗って新大阪に帰ったのだったが、後でかあちゃんは、兄貴にさんざんぼやいていたらしい。

「小銭までやってしまって、広島駅からのバス代もないから歩いてきたよ。のどがかわいてもジュース一本買えんかった。ああ、疲れた」
どうやら、後先考えてなかったのは、お互い様らしい。

•

第11章　かあちゃん、女実業家になる!?

その後、いろいろあったが、俺は憧れの漫才師になることができた(本当にしつこいけど、この辺も『がばいばあちゃんの幸せのトランク』でどうぞ)。

それも、漫才ブームの火付け役と言われるほどの、超売れっ子漫才師だ。

人生、本当に何が起こるか分からない。

あのまま野球を続けていても、俺の身長ではプロは無理だっただろうし、社会人野球に入ったか、会社に就職していたかのどちらかだっただろう。

それはそれで、いい人生だったかも知れないが、面白さで言えば、今に至って良かったと本当に思う。

どこのどなたか知らないが、あの時、俺にボールを当てた人に、感謝したいくらいのものである。

それに、漫才師になったことで、かあちゃんにも思いがけないプレゼントをすることができた。

それは、『テレビで歌うこと』である。

その頃、芸能人とその家族が、チームになって歌で競う『オールスター家族対抗歌合戦』という番組があり、俺たち一家も出場したのだ。

この番組では、豪華にも生バンドが伴奏をしてくれる。

けれど、歌に多少の自信がある人でも、生のオケに合わせて歌うとうまくいかないことも多い。

でも、かあちゃんは違った。

お座敷で歌のプロとしてやってきたのだから、場数も踏んでいる。

リハーサルで堂々と歌い上げた後、

「あ、本番はあと一音上げてください。緊張すると、もう一音高い音が出ますから」

なんて、プロの歌手みたいな要求をするのには、まいってしまったけれど。

結局、この番組には三回出場させていただいたけれど、かあちゃんは三回とも歌唱賞をいただいた。

「歌手になりたかった」

ずっとそう言っていたかあちゃんには、何よりの親孝行ができたと思っている。

そしてもう一つ、俺はかあちゃんにプレゼントを思いついた。

かあちゃんが、

「ちっちゃい時に手放して、広島で一緒に住むようになったと思ったらケガして、家出して。昭広とは一緒に住む運命じゃないんかねえ」

と、話していたと聞いたから、東京で一緒に住もうと思いついたのだった。

その少し前まで、かあちゃんは自分の建てた家で、結婚した兄貴一家と暮らしていたのだが、その頃は、また一人暮らしになっていた。

かあちゃんは『蘇州』を辞めた後も、孫の世話をして大人しく家にいるようなタイプではなく、

「私もまだ若いから、自分でやっていくわ」

と、商売を始めてしまったのだ。

商売と言っても、子ども相手の小さなお好み焼き屋だったが、それなりに流行っており、かあちゃんは店の側のアパートで寝起きするようになっていた。

そこで俺は、売れてお金を持った勢いもあり、かあちゃんに東京でお好み焼き屋をプレゼントし、呼び寄せようと考えたのである。

「かあちゃん、東京においでよ。お店も出してあげるから」

早速、電話してみると、

「またお前は、そんな簡単に言って。都会になんか行かれん。第一、小さくても広島にお店もあるのに。どうすっとね？」

つれない返事だった。

ところが！

電話の後、四日目には、かあちゃんは、なぜかもう東京にいたのである。

「かあちゃん、店は？」

「お前が、プレゼントしてくれるんだろう」

「違う。広島の店は？」

「ああ、不動産屋さんに頼んできた。適当にやってくださいって」

簡単に言うなって怒ったくせに、俺より、ずっと簡単じゃないか!?

が、ともかく来てくれたのだから、約束通り、お好み焼き屋をプレゼントすることにした。

どうせなら、流行りそうな場所がいい。

どうせなら、大きな店を贈りたい。

そう考えた俺は、新宿のど真ん中に三十坪以上もある店を借りた。

嫁さんと子どもに喘息《ぜんそく》があって、俺は空気のいい所沢に家を買っていたので、そこからでは遠すぎるだろうと、かあちゃん用に都心に４ＬＤＫのマンションも借りた。

初めての都会で、年寄りのひとり暮らしでは心配なので、お店で働いてもらう人にも同居してもらうことにする。

「かあちゃん、いいマンションやろう。三十万くらいするねんで」

俺が言うと、かあちゃんは、

「ありがとう」

と微笑《ほほえ》んでくれた。

でも、後で店の人に言っていたらしい。

「あの子、絶対、三百万と間違ってるわ」

俺は、家賃が三十万円すると言ったのだが、かあちゃんは、この世にそんな高い家賃が存在するとは夢にも思わず、俺が三百万円で買ったのを、三十万で買ったと間違っていると思ったらしい。

何はともあれ、こうしてかあちゃんの東京での生活がスタートした。

俺は、漫才ブームの火付け役と言われているが、実は『広島お好み焼き』の火付け役も俺（というか、俺のかあちゃん）だと自負している。

まず、本場広島のお好み焼きを、東京で大々的に始めたのは、かあちゃんの店が初めてだったと思うし、新宿という土地柄、若者から会社員、家族連れまで、大勢の人に広島のお好み焼きを広めたと思う。

俺が、堂々とそう言えるほど、かあちゃんのお好み焼き屋は、流行ったのだ。

もちろん、初めは漫才師『B&B』の島田洋七のお母さんがやっている店として来る人も多かったと思うが、やっぱりかあちゃんのお好み焼きが旨《うま》かったからだと思う。

それに、『蘇州』という高級店で働いていたかあちゃんは、芸能人だろうと企業の偉い人だろうと特別扱いしない。

俺が世話になっているという人が来れば、

「いつも、ありがとうございます」

などと挨拶くらいはするが、他のお客さんと区別して扱うことは決してしなかった。

「あの人も、ほかの人も同じ値段を払ってるんだから」

それが、かあちゃんの口癖だった。

料理がおいしいのはもちろん、こういうかあちゃんの経営哲学が、お店を繁盛させていたんだと思う。

そして、大繁盛する店を切り盛りするかあちゃんは、本当に生き生きと働いていた。

それで俺は調子に乗って、二軒、三軒と店舗を増やしていった。

それも、渋谷の１０９の前のビルで五十坪とか、高円寺に四十五坪とか、東京の一等地に、バンバンでっかい店を展開していったのである。

いい気になっていたと言えばそうかも知れないが、売り上げが上がるものだから、税理士さんが、

「税金対策に、もう一店舗増やしたらどうだろうか」

「もう一店舗、やりなさい」

どんどん勧めるので、あれよあれよと店は増えていき、気がつくと六店舗になっていたのだ。

六店舗といっても、一軒一軒が広いので、働く従業員も百人近くにふくらんでいた。

こうなると、もう、かあちゃんは『お好み焼き屋のおばちゃん』と言うより、女実業家である。

しかも、かつて『蘇州』を取り仕切っていたように、すべてに目を配らないと納得できない人であるから、毎日、タクシーを乗り回し、すべての店を回っていた。

『かあちゃんのレシピ』や『かあちゃんの経営』を徹底させるために。

そのお陰か、どの店も流行りに流行り、さすがのかあちゃんも、全店をタクシーで回って売り上げを集め、貸金庫に入れるという作業で、一日がいっぱいいっぱいになってしまうというほどの忙しさになってしまった。

そして、かあちゃんは、おそらく人生で初めての弱音を吐いた。

「昭広、もう、やめんか。贅沢な悩みかも知れんが、六軒はないわ」

いつまでも若々しいかあちゃんも、還暦を過ぎており、さすがにこのままでは、やっていけないと思ったのだろう。

俺たちは、あっさり店をたたむことにした。

でも、人生引き際も大切だったんじゃないかな、と思う。

あのまま、あのすごい立地でお店を続けていたら、その後の不況の時代には、大変なことになっていたんじゃないだろうか。

かあちゃんは、運の強い人だなあとも思う。

第12章　かあちゃん、タレントになる

お好み焼き事業から撤退した後、俺はかあちゃんに、これからはのんびりしてもらおうと、所沢の家に同居してもらうことにした。

ところが、今度は驚くべき企画が、俺たち親子に持ちかけられたのである。

「洋七さん、朝のワイドショーで、お母さんと一緒に番組のコーナーを持ちませんか?」

と言うのだった。

俺は、

「え? かあちゃん、歌はうまいけど、タレントなんかやれるのかな?」

と思ったけれど、かあちゃんは、

「私、いつかこういうお話が来ると思っていました」

なんて言って、勝手に承諾しているのだからまいってしまう。

しかも、

「番組では、お母さんの行きたいところに行ってもらっていいです。最初は、どこにしましょうか？」

と聞かれると、

「会津磐梯山《あいづばんだいさん》！　あの歌が好きだから」

なんて遠慮なく言う。

「ほう。会津磐梯山ですか。いいですね。他には？」

「小倉《こくら》！　無法松の一生が好きだから」

「はい、はい。小倉ね」

売れっ子の俺の都合なんて無視して、どんどん企画は決まってゆき、俺はかあちゃんと毎週一回、十五分のレギュラーコーナーを持つことになったのである。

詳しい内容はというと、今で言う旅番組の走りみたいな企画で、俺とかあちゃんが全国各地のいろんな場所を巡り、その地域の郷土料理をご馳走になったり、勝手に上がり込んだお宅の冷蔵庫にある物で夕ごはんをこしらえたりするというものだった。

コーナータイトルは、『洋七と秀子はんの、突撃クッキング！』。

毎回、最初にふたりでコーナータイトルをコールしなきゃいけないのだが、何しろかあちゃんは、いくらモダンガールでも大正生まれである。横文字に弱いらしく、大概は『突撃クッコッカー！』なんて感じになっていた。

週に一回の十五分コーナーとはいえ、ロケが週に二日あり、本番もスタジオでロケのＶＴＲを観ながら生で撮るのだから、週に三日はこの仕事でつぶれることになる。

かあちゃんは、もう六十五、六歳だったから、なかなかの重労働だったと思うのだが、本人は楽しくて仕方がないらしく、というより、むしろテレビの仕事で忙しいのが自慢らしく、スケジュール帳を買い込んで、『ロケ、ロケ、ロケ』『収録、収録、収録』なんて、予定のない日にまで勝手に書き入れ、

「テレビの仕事で忙しくって」

自慢げにスケジュール帳を広げて見せて回っていた。

特に生番組に出演する日は、朝が早いので、所沢の家までハイヤーが迎えに来るのが嬉しくて仕方がないらしく、三日も四日も前から近所の人に、

「三日後は、ハイヤーが迎えに来るんです」

「明後日は、朝が早いです」

「明日は生ですから、朝が早くて困ります」

言いふらしているのであった。

当日ともなれば、迎えに来るのは朝五時半なのに、二時半とか三時には起き出して、

「運転手さんに、お茶の一杯も出さんといかん」

いそいそと準備を始めてしまうので、嫁さんもおちおち寝ていられなかったらしい。


さて、コーナーの評判はというと、かあちゃんのキャラクターが面白いということで大受けしていた。

何しろ、お座敷には強いかあちゃんも、カメラが回ると上がってしまう。

「5．4．3．2．1　ハイ！」

「秀子です。今日は、奈良の京都に来ています」

ええええええええ〜〜〜〜〜〜〜〜？？？？？？？？？

なんて素人《しろうと》ならではの間違いが、芸人には真似できない面白さなのだ。

この時は、奈良公園にいたのだが、かあちゃんの持っている鹿せんべいに、鹿が群がってくると、

「こら、本番中に行儀が悪い！」

「もう、本番中だって言ってるでしょっ！」

鹿相手に真面目に怒り、しまいにはポカリと鹿の頭をぶつもんだから、スタッフ全員、ひっくり返って笑ってしまった。

また、このコーナーでは、前にも書いたように、かあちゃんがよそのお宅の冷蔵庫にあるもので料理を作り、ワンポイントを紹介するという企画があるのだが、ある時、冷蔵庫に豚肉があったので、トンカツを揚げた。

料理のうまいかあちゃんは、手際よくカラリときつね色にトンカツを仕上げ、さて、今日のワンポイントである。

「じゃあ、秀子さん。本番、行きます。5．4．3．2．1　ハイ！」

「今日のポイントは、トンカツは豚に限ります」

「はい、ＯＫ！」

あんまり自然に言い切るので、みんな一瞬、気づかなかったが、トンカツは豚に限るって、豚肉で作るからトンカツじゃないかっ！！？？？？？

とにもかくにも、かあちゃんはいつも大真面目で、笑わせようと思ってやっているわけじゃないところが、かえって面白くて、大概は間違えてもそのまま使うか、撮り直しても編集では間違った方を使うことが多かった。

それから、俺とのやりとりも、受けた要因だったと思う。

俺は漫才師だから、一生懸命、おかしなことを言って笑わせようとするのだが、かあちゃんは大真面目だから、ちっともそれを理解しない。

俺が、地域のおばちゃんに毒舌でも吐こうもんなら、

「この子、バカですから気にせんとってください」

と謝り、大げさなコメントをすると、

「もう、嘘ばっかりつくんですよ。嘘ですからね」

なんて困り顔になり、ちょっと揶揄《やゆ》するようなことを言うと、

「口が悪いでしょう。本当にすみませんねえ」

深々と頭を下げて、俺を小突く真似をしたりするのである。

視聴者はもちろん、スタッフもすごく面白がって、コーナーのディレクターだった森田《もりた》さんなどは、かあちゃんのキャラクターにぞっこん惚れ込んでくれていた。

そのせいかどうか、たった十五分のコーナーだというのに、どんどんスタッフの思い入れが強くなり、利尻《りしり》・礼文島《れぶんとう》にまでロケに行ってしまった。

しかも、森田さんは、どうしても水中カメラマンを連れて行って、馬糞《ばふん》ウニの採取風景などをカメラに収めたいと言う。

俺たち親子にとっては、ふたりで利尻・礼文島に行けるなんて、またとない話だったから大喜びしていたが、ロケを終え、ＶＴＲを観ながらの生放送も無事、終了した日のことだった。

収録後はいつも食事をしながら次回の打ち合わせをしたりするのだが、その席でプロデューサーが怒り出したのだ。

「おい、森田。確かに突撃クッキングは人気コーナーや。でもな、十五分に三百五十万は、予算使いすぎやろう！」

なんと、利尻・礼文島のロケには、三百五十万円もかかっていたのである！

プロデューサーに叱られて、森田さんをはじめ、スタッフはみんなシュンとしている。

確かにやりすぎたかもなあ、なんて俺も、森田さんのしょげた横顔を見ながら考えていた。

その時だった。

「だから、私が言ったでしょう？　あんな潜るような人たちを連れて来なくていいって」

自信満々に言い放ったのは、かあちゃんだった。

黙ってればいいのに、プロデューサーと一緒になって森田さんを責めてどうするのだ！

しかも、『潜るような人たち』って、水中カメラマンのこと？

俺は冷や汗をかいたが、かあちゃんがおかしな口を挟んだことで、かえって場が和《なご》み、事なきを得たので助かった。

本当に素人というのは、強いものである。

このコーナーは、結局、番組自体が終了するまで、二年半の間続き、俺はかあちゃんと百カ所余りの場所を旅することができた。

俺とかあちゃんは、なかなか一緒に暮らすことができない運命だと思っていたけれど、考えてみれば、何十年一緒に住んでいても、百カ所を一緒に旅したことのある親子なんていないに違いない。

それに、この番組のある間、かあちゃんはちょっとした芸能人気分で、もともとお洒落な人なのだが、衣装も自前で色々と工夫したりして、すごく生き生きとしていた。

本当に、いい親孝行ができたと、今もこの番組のプロデューサーには深く感謝している。

第13章　かあちゃん、遊び惚ける!?

十五分とはいえ、毎週テレビのレギュラーを務めるという大役を終えたかあちゃん。

さあ、いよいよ、ご隠居さん暮らしの始まりである。

「働かんで飯食えるなんて、お姫さまみたい」

初めのうちこそ感謝し、喜んでいたのだが、何でも徹底しなければ気の済まないかあちゃんのこと。

隠居暮らしをエンジョイするのはいいが、とことん俺に金をせびり、とことん遊び始めたのだった。

仕事で忙しい俺は、毎日は家に戻らない。

ところが、会うたびに、

「昭広、一万円ちょうだい」

「ちょっと二万円ほど、都合して」

無心するのである。

挙げ句の果ては、

「ほら、お前のワイシャツ、アイロンかけといたよ。はい、五千円」

と手を出す始末である。

家にいるのだから、ちゃんと衣食足りているし、月五万円の小遣いも渡している。

さらに兄貴も毎月、かあちゃんの通帳にお金を振り込んでいるようである。

一体、かあちゃんは毎日、何をしてるんだと嫁さんに尋ねたら、

「昼は、たいてい健康ランドに行ってるみたいよ。お母さん、カラオケで人気者なんだって」

とのことだった。

歌のうまいかあちゃんは、近所のじいちゃん、ばあちゃんのアイドルになっているらしい。

でも、健康ランドがそんなに高いものだろうか。

俺は、さらに嫁さんを問いつめる。

「いや、もっと金のかかる遊びをやってるはずや」

「えー？　友だちと、よく一泊旅行とか行ってるけど」

「旅行か。それは、金かかるな」

「でも、東北巡り二万九千八百円とか、伊豆・修善寺一万九千八百円とかよ」

安すぎて驚くようなツアーばかりだと言う。

結局、その時は、健康ランドや旅行プラス、ちょっとした着物を買ったりと、細々《こまごま》した出費が嵩《かさ》んでいるだけだろうということになったのだった。

さて、かあちゃんは本当によく旅行に行っていたらしいが、ある時、仕事でホテルに泊まっている俺に、嫁さんから電話がかかってきた。

「ねえ、お母さんが帰ってこない」

「え？　いつから？」

「二日前」

「何や。旅行やろ」

「でも、いっつも一泊で帰ってくるのに」

「行き先は、分かってるんやろ？」

「うん。伊香保《いかほ》温泉」

「気に入ったんやろ。ええやないか。何かあったら、連絡が入るやろう」

「そうねえ」

その時は、そう言って電話を切ったのだが、五日経《た》っても帰ってこないので、嫁さんは心配になって、ついに自分から電話をかけてみたという。

そしてまた、俺に連絡が入った。

「ねえ、お母さん働いてるって」

「え？　どこで？」

「伊香保温泉」

「はあ？」

「何でも、お母さんたちが泊まってると、二人しかいない三味線を弾ける芸者さんが一人休んでて、大騒ぎになってたらしい。それでお母さん、私が弾きましょうかって申し出たんだって」

一体、どこまでお座敷好きなのだ。

なんと、かあちゃんは、それから一ヶ月も所沢の家に帰ってこなかったのだった。

帰ってきたかあちゃんによると、旅館の廊下を歩いていると、

「すみません。今日は○○奴《やっこ》はお休みで」

と電話をしている声が聞こえてきたという。

「ええ、ですから三味線はちょっと……」

そう断る、女将さんの声は、本当に困っているようだった。

それで、つい、

「あの、三味線だったら私が弾きましょうか」

口を出してしまったらしい。

初めは、

「弾くとおっしゃっても……」

と困惑ぎみだった女将さんも、かあちゃんが一曲弾いてみせると、すっかり感心して、ぜひお願いします、ということになったという。

しかも、元々、その辺りに弾ける人が二人しかいなかったので、次の日も、次

の日もと引っ張りだこになり、結局、一ヶ月が過ぎてしまったと言うのだ。

「ほら、こんなにチップもうかったよ」

旅館に一ヶ月も滞在して、お金を増やして帰ってくるのは、かあちゃんくらいのものだろう。

が、そこで俺はもしかして、と思う。

「かあちゃん、島田洋七の母親ですとか言いふらしてないやろうな?」

「え? それがね、聞いてよ。昭広。かあちゃん、わざとお前の写真を廊下に落として、『あら、あら。息子の写真が落ちたわ』って言って歩いてるのに。みんな、拾ってくれて『はい』って渡すだけで、よく見ないもんだから、なかなか分かってくれんのよ」

「何や、それ」

「だから、かあちゃん、何回も何回も写真落としてね。大体、みんな三回目くらいかなあ。やっと、『え? これ島田洋七さん?』って言うの。それで、やっと、かあちゃんも『はい。私、島田洋七の母です』って」

伊香保温泉で、一体、何をやってきたのか。

詳しく聞くのが、恐ろしくなった俺だった。

何しろかあちゃんは、俺が漫才で売れ始めた時、インタビューに、

「この子は、何かやってくれると思っていました」

と答えた親バカである。

でも、信じてくれるかあちゃんがいたから、俺は本物の不良にはならず、頑張れたのだなあと思う。

健康ランドに、旅行にと、散々出歩いていたかあちゃんだったが、ある時、妹たちを家に招待したいと言い出した。

みんな、そろそろ現役を引退した頃。

広島や九州から呼び寄せて、のんびりゆっくりと、思い出話に花を咲かせたいというのである。

もちろん、俺も嫁さんも大賛成。

早速、かあちゃんの妹たち、四人のばあちゃん連が所沢の家に集まってきた。

かあちゃんを入れて五人のばあちゃんが、うちの茶の間にいる光景は、壮観で

ある。

「おばちゃんたち、ゆっくりしていきや」

気安く声をかけた俺。

まあ、一週間くらいはいるのかなあと思って仕事に出たが、次に帰っても、その次に帰っても、一ヶ月も留守にして帰っても、まだいる!!

その上、うちの嫁さんも、日々、のんびりゆっくりの話の輪に加わっているらしく、帰るたび、おばちゃんたちと仲良しになっている。

そして、

「ただいまー」

俺が茶の間に顔を出すと、なぜか爆笑の渦である。

どうやらみんなで、小さいときから現在までの俺の悪口を言いまくり、楽しんでいるらしい。

結局、おばちゃんたちは半年、うちにいた。

もう二度と、

「ゆっくりしていきや」

なんて言うもんか！

堅く、堅く、心に誓った俺だった。

そんなこんなで遊び惚《ほう》けていたかあちゃんだったが、いつも元気いっぱいのかあちゃんが、ある時、体調の不良を訴えた。

歳も歳だから、一度きちんと検査をしようということになり、診てもらった結果は、残酷にもC型肝炎だった。

C型肝炎は、感染後の自覚症状がないまま、慢性の肝臓病が進行することの多い病気だと言う。

感染経路は、血液や注射針。

病院に縁のなかったかあちゃんが感染したと考えられるのは、あの、俺が佐賀に預けられていた頃の一ヶ月入院の時だけだった。

あの頃から、かあちゃんの体は、少しずつ蝕《むしば》まれていたというのだろうか。

チップ号を買ってくれた時も、大学入学を勧めてくれた時も、女実業家として頑張っていた時も、ロケで走り回っていた時も、そして伊香保で長期滞在していた時も、かあちゃんの病気は進行を続けていたなんて。
信じられなかった。
信じたくなかった。
あの笑顔の裏で、着々とそんな恐ろしいことが起こっているなんて裏切りだ！
でも、泣いても叫んでも、どうにもならない。
そして、本当に泣いたり叫んだりしたかったはずのかあちゃんは、静かにこう言った。
「広島に帰りたい」

第14章　病院と大歓声

病気が分かってしばらくは、広島の兄貴の家と、所沢の俺の家を、数ヶ月単位で行き来していたかあちゃんだったが、すこしずつ病状が悪化していき、ついに広島の病院に入院することになった。

死期が近いと悟ったのか、昔、かあちゃんの店の近くを流れていた川を見たがったので、俺は、病院のベッドがあくのを待ち、川の見える病院に入院させた。

そこは、昔、とうちゃんとかあちゃんがやっていた店のあった場所にも近く、いわばかあちゃんの青春時代の思い出の場所だった。

その病院で、俺は、かあちゃんが俺に無心していたお金の行き場所を知る。

「仏さんのところに、通帳あるから」

かあちゃんは、俺の嫁さんにそう告白したと言う。

「芸能界なんか、いつ売れなくなるか分からないから。一万円でも五千円でも貯めておいたら、いくらかでも助かると思って」

かあちゃんは、俺から一万円、二万円とせびっては、せっせと貯金していたのだった。

それに、その時はじめて嫁さんから聞いたのだが、かあちゃんは、広島と所沢を行き来している際、俺たちが用意しておいた新幹線のグリーン車のチケットを、いつも払い戻していたという。

そして、病気の身でありながら、一番安い深夜バスに乗って上京していたと言うのだ。

「多分、その時、残したお金も貯めてくれてたんだと思う」

通帳を見ながら言う嫁さんの話に、俺は、かあちゃんが俺のために送っていた金を、ばあちゃんが貯めてくれていたことを思い出していた。

あの時、かあちゃんの言った、

「何で、ここまでするの」

という言葉を、俺はそっくりそのまま、かあちゃんに返してやりたかった。

「何で、ここまでしてくれんねん、かあちゃん。俺なんかのために」

元気なうちに自分で使えばいいものを、やっぱり、かあちゃんとばあちゃんは、そっくりだなあと思った俺だった。

お医者さんから、かあちゃんが、もう長くは保《も》たないと聞かされた俺は、仕事を全部キャンセルした。

『芸人は、親の死に目に会えないもんだ』

そんなカッコつけなんか、どうでもいいと思った。

俺は、かあちゃんの死に目に会いたい。

いや、できることなら、ずっとかあちゃんの側にいたかった。

でも、男というのは情けない。

女の人は、母親がどんな姿になっても、毅然《きぜん》と看病を続けるが、俺はすっかり病気やつれしたかあちゃんを見るのが辛く、病室のドアを開けようとしただけで、涙があふれてきてしまう。

そして、なんとかこらえて、

「かあちゃん、具合どう?」

つくり笑顔で病室に入っても、顔を見るなりべそをかいて、

「泣くんやったら、出ていけ」

病人のかあちゃんに叱られる始末である。

お医者さんの言った通り、かあちゃんは日に日に衰弱していったが、気丈さは変わらず、

「かあちゃん、俺、分かる？」

枕元で聞くと、

「子どもの顔が分からんような親がどこにおるか」

憎まれ口をたたくのだった。

残酷にも、あと一週間と宣告された時、俺はカナダに留学していた長男の憲昭《のりあき》も呼び寄せた。

憲昭が戻ってきた時、既にかあちゃんは危篤状態だった。

病院にいても、何をしてやることもできず、俺は憲昭と散歩に出た。

病院の周囲は、かあちゃんの青春の思い出の土地であると同時に、俺の子ども時代の懐かしい遊び場所でもあった。

ポッリ、ポッリと思い出話をしながら、憲昭と俺は歩き続ける。

やがて遠くに歓声が聞こえてきた。

広島市民球場の側まで来ていたのだった。

入り口のところに、ちょうど広島カープのマネージャーさんがいて、顔見知りの俺に笑顔で挨拶をする（一時は野球から遠のいていた俺だったが、やはりプレーはやめても野球好きは収まらず、芸人の中でも熱狂的な広島カープファンとして知られていた）。

「洋七さん！　こんばんは」

「ああ、こんばんは」

「観て行ってよ」

「ああ」

俺は、

「今、かあちゃんが危篤なんで」

とも言えず、生返事をしながら息子を見ると、うなずいているので、とりあえず中に入れてもらうことにした。

階段を上り、観客席に出ると、

「ワアアアア────」

「オオォォォ────」

球場は、大歓声に包まれている。

管楽器の音が夜空に轟《とどろ》き、

「パン、パン、パン」

「パン、パン、パン」

観客の熱い手拍子が鳴り響いていた。

「あ、洋七さん」

応援団の人が、俺に気づく。

「旗、振ってよ」

笑顔で近づいてくると、ずっしりと重量のある、応援団の旗を俺に手渡す。

「あ、洋七！」

「本当や、B&Bの洋七や」

お客さんがこちらに気づき、期待の視線を送っている。

俺は、両手で旗をしっかりと握りしめると、スタンドを右から左へ走り出した。
「わ――――っ!!」
「洋七、ええぞ――――――っ!!」
大歓声が俺を包む。
トランペットが、狂ったように鳴り響く。
大勢の歓声。
無数の拍手。
みんな生きて、動いて、叫んで、拍手している。
そんな中で、ひっそりと死んでいこうとしている、俺のかあちゃん。
俺は、唐突に思った。
ああ、これが人生ってやつか。
これが、生きるってことか。
歓声を送る無数の人々。
けれど、この人たちもまた、それぞれに悲喜こもごもの思いを抱えているのだろう。

二度も、三度も、重い旗を振りかざしてスタンドを走り抜けながら、俺は、自分の中に覚悟のようなものが生まれているのを感じた。

旗を団長に返し、まだ拍手を続けてくれている大勢の人に手を振って、俺はスタンドを降りる。

「洋七さん、帰るんですか」

先ほどのマネージャーさんが追ってきた。

「うん。今日は、帰るわ」

「山本浩二《やまもとこうじ》さんもいるのに。一緒に、飯食おうよ」

懇意にしている選手の名前をあげ、しきりに引き留めてくれるのを断って、俺は息子と球場を後にする。

球場に背を向けて歩いていると、ひと足、ひと足、歓声から遠のいていくのが分かった。

平和公園の横を通り、病院に着くまでの道のりで、俺は、ふと憲昭に言う。

「なあ。俺に心配かけるのはええけど、ちょっとでも律子に心配かけたら、しばくぞ。母親っていうんはなあ、ものすごい宝なんや」

格好つけるつもりはなかったけれど、息子にも、母親の存在の大切さを分かってほしかったのだ。

憲昭は、俺の気持ちを受け止めてくれたらしく、

「わかりました」

いつになく神妙に答えた。

病室に戻ると、

「痛っ…痛っ……」

かあちゃんが、ベッドで呻《うめ》いていた。

「もう一回、モルヒネ打ちましょうか」

看護師さんが聞く。

もう、治療らしい治療はできない。

痛みを治めるために、モルヒネを打つくらいしかないのだ。

「かあちゃん、薬、打ってもらう?」

俺が枕元で聞くと、

「うん。打って……楽な方がええ」

か細い声で、かあちゃんは答えた。

そして注射を打ってもらうと、すーっと、静かに眠りに落ちた。


俺は、あらゆる仕事をキャンセルしていたが、一本だけ抜けられないレギュラー番組があり、翌日は、その収録日だった。

後ろ髪を引かれる思いで、早朝から東京に入り、番組を撮り終えた。

兄貴から電話が入ったのは、その直後だった。

「昭広。かあちゃん、逝ったわ」

兄貴が電話の向こうで泣いていた。

結局、俺は、かあちゃんの死に目に会えなかった。

第15章　かあちゃんがくれたもの

かあちゃんが死んだ。

早く、広島へ帰らなければ。

心はそう思っているのに、俺の動作はのろい。

帰らなければいけないのだ。早く！

でも、帰りたくない。

帰ったら、かあちゃんが死んだという事実を、この目で見て、受け止めなければならなくなる。

そう思ったら、とてつもなく怖かった。

とりあえず新幹線には乗り込んだものの、

「故障したらいいのに」

「もっとゆっくり走って」

何とか、広島に着くのを遅らせたいと思い続けていた。

けれど、新幹線は定刻通り広島に着く。

そして、あっという間に自宅に着いてしまった。

布団に横たえられているかあちゃんを見た時、やはり一日で亡くなっていることは分かったが、俺が想像していたように、かあちゃんの死を実感することはなかった。

不思議なことだが、穏やかなかあちゃんの死に顔を見ながら、どこかで、

「ちゃう、ちゃう。違うねん」

思っている、自分がいた。

驚きすぎて、実感がわかないのかも知れない。

心の奥底で、認めたくないのかも知れない。

理由はよく分からないが、とにかく俺の頭の中には、

「ちゃう、ちゃう」

が響き渡っていた。

その夜は、自宅でお通夜をしたが、俺の目には、葬儀会社の人も、弔問客も、みんながエキストラに見える。

「ちゃうよ、こんなん。みんな、ギャグでやってんねん」

何もかもが空々《そらぞら》しい中で、ただ、通夜で飲んだ酒だけが、やけに現実味を帯びていた。

一杯飲むと、ざわついていた心が妙に落ち着き、俺は初めて、通夜に酒を出す意味を知ったような気がした。

翌日になって、葬儀のため、かあちゃんをお寺に移すことになった。

「お前はかあちゃん、かあちゃんって、かあちゃん好きやったから、お前が連れて行ってあげ」

兄貴に言われ、俺がかあちゃんの遺体を車に乗せていくことになったが、すっかり軽くなったかあちゃんを運んでも、まだ涙さえこぼれなかった。

相変わらず、心の中は、

「ちゃう、ちゃう」

の大合唱である。

そして、

「ちゃう、ちゃう」

の中、葬儀も無事に終わったのだった。

あれからもう十年近くたったが、俺の中では、まだ時々、

「ちゃう、ちゃう」

と声がする。

まだ、どこかでかあちゃんの死を認められないでいるのだ。

「私が死んだら、カサブランカを飾って。酒ばっかり飲まんと」

生前、かあちゃんが言っていた通り、嫁さんは仏壇に十年間一日もカサブランカの花を欠かさないが、俺はその仏壇の前に座ったことがない。

着替えながら、仏壇に向かって、

「かあちゃん、行ってきます」

声をかけるだけだ。

お墓に行っても、五、六メートル手前から、

「かあちゃん、久しぶり」

挨拶するだけで、正面から手を合わせては拝まない。

拝んでしまうと、かあちゃんがもう生身のかあちゃんではなく、仏様になってしまったと思えるからかも知れない。

人って、何で死ぬんだろう。

かあちゃんが死んでから、俺は、何度も何度もそう思った。

それから、親がいてくれることの素晴らしさを、何度も、何度も思った。

かあちゃんがいてくれれば、生きていてくれるだけで、俺はまだ、どこか子どもでいられた。

何かあれば、叱ってくれた。

相談すれば、のってくれた。

でも、今はもう俺が家族の長で、誰かに寄りかかることはできないのだ。

「何を今さら、子どもみたいなことを」

と言われるかも知れないが、少なくとも俺のかあちゃんは、そういう風に俺を支え続けてくれた人だった。

かあちゃんを失ったことで、俺は人生の大きな支えを失ったのだ。

その喪失感はあまりに大きく、何で埋めることもできない。

けれど俺は、かあちゃんが亡くなってしばらくの後、漫才の舞台に立った時のお客さんの反応が、昔とすっかり変わっていることに気づいた。

アイドルのように人気のあった頃は、紹介されると「キャーッ」、漫才が終わっても「キャーッ」だったが、今は違う。

「次は、B&Bです」

紹介されると、

「おー」

どよめきが起こる。

そして漫才が終わって舞台を後にすると、

「良かったな」

「おもろかったな」

そんな声が聞こえてくる。

俺は、かあちゃんの舞台も、そうだったことを思い出す。

あの、『蘇州』のお座敷で、

「最後は、秀子姉さんです」

紹介があると、

「おー」

と、どよめきが起こり、かあちゃんの芸が終わると、

「さすが秀子姉さん」

「すごか」

という感嘆の声が聞こえてきたものだ。

ようやく俺も、少しだけかあちゃんに近づけたのかな、と思う。

自信を持ってまっすぐに、大好きな仕事を頑張ってきたかあちゃん。

かあちゃんのいない、この世界で生きていくのは辛いけど、『舞台』がある限り、俺も頑張れそうな気がする。

かあちゃんを目標にすることが、俺の新たな支えなのかも知れない。

それから、かあちゃんのすぐ下の妹、喜佐子おばさんの存在も、俺にとって大きな慰めになっている。

いつも明るくて、それでいて涙もろくて、喜佐子おばさんと話していると、か

あちゃんと重なるところが多いのだ。

そしてもう一人、七十歳になる、かあちゃんの弟の晃《あきら》おじさんは、近頃、言うことがばあちゃんそっくりになってきて驚いている。

面白くて、明るくて、俺もこんなじいちゃんになりたいなあ、と思わせてくれる素敵な人だ。

ふたりをはじめ、たくさんの親戚たちは、ばあちゃんや、かあちゃんが遺してくれた最高の宝物である。

いつかはきちんと、かあちゃんを正面から拝み、本当の意味で見送ってあげられればと思う。

「ごめんな、かあちゃん。もうちょっとだけ、甘えさして」

俺はジャケットを羽織りながら、今日もカサブランカを飾った仏壇に、立ったまま話しかける。

「『泣き虫昭広』だから、仕方なか」

かあちゃんは、きっと、呆れながら笑っていてくれるだろう。

～あとがき～

うーん、我ながらマザコンな本を書いてしまったなあ、なんて思う。

何しろ一冊まるごと、かあちゃんの話なんだから。

でも、いつだったか、この本に書いた、かあちゃんが俺からお金をせびっては貯めてくれていたという話を、ビートたけしにしたら、

「うちも同じことがあったよ」

と驚いていた。

そして、たけしは、

「俺って、今の言い方したらマザコンだよ。でも男って、みんなマザコンだよな」

とも言っていた。

そうだ。マザコンなんて言うから、いけないのだ。

子どもは、みんな、かあちゃんが大好きだ。

そして、どこのかあちゃんも、子どものことを思って、同じようなことをしているはずだ。

だから、もし、あなたがこの本を読んで感動してくれたなら、あなたの両親や、おじいちゃん、おばあちゃんや、周りのお年寄りたちの話にも耳を傾けてみてください。

俺は得意になって、自分のばあちゃんやかあちゃんの話をしてきたけれど、うちだけが特別なわけじゃない。

きっと、俺のへたくそな文章よりも、もっとリアルで説得力のある話で、あなたを元気づけてくれるに違いないから。

最後に、かあちゃんが俺にくれた手紙に書いていた言葉をいくつかご紹介して、終わりにしたいと思います。

『厳しい言葉の中にも、優しさを見つけろ。

優しい言葉の中にも、厳しさがあることに気づけ』

『苦しいと思ったら、人に親切にすること。

いつか全部、自分に戻ってくるから』

『苦労は幸せになるための準備運動だから、しっかりやれ』

『人に頑張れと言わなくても、

自分が頑張れば、周りも自然と頑張ってついてくる』

『みんな誰かに嫌われているから大丈夫。

愛する夫も、愛する妻も、誰かに嫌われているから、

気にせず自然に生きていけ』

かあちゃん、ありがとう。

またいつか、どこかで会おうね。

二〇〇六年十二月　島田洋七

この作品は徳間文庫のために書下されました。

徳間文庫をお楽しみいただけましたでしょうか。どうぞご意見・ご感想をお寄せ下さい。
宛先は、〒105－8055　東京都港区芝大門2－2－1　㈱徳間書店「文庫読者係」です。

徳間文庫

がばいばあちゃんスペシャル

かあちゃんに会《あ》いたい

2007年1月15日 初刷
2007年2月20日 5刷

著者 島《しま》田《だ》洋《よう》七《しち》
発行者 松《まつ》下《した》武《たけ》義《よし》
発行所 株式会社徳間書店
東京都港区芝大門二―二―二〒105―8055
電話 編集〇三(五四〇三)四三五〇 販売〇四八(四五一)五九六〇
振替 〇〇一四〇―〇―四四三九二
印刷 製本 図書印刷株式会社

〈編集担当 丹羽圭子〉

ISBN978-4-19-892540-6（乱丁、落丁本はお取りかえいたします）